杯子上的笑脸

彭程 著

广西师范大学出版社

·桂林·

杯子上的笑脸

BEIZI SHANG DE XIAOLIAN

图书在版编目（CIP）数据

杯子上的笑脸 / 彭程著. --桂林：广西师范大学出版社，2023.12

ISBN 978-7-5598-6657-8

Ⅰ．①杯… Ⅱ．①彭… Ⅲ．①散文集－中国－当代 Ⅳ．①I267

中国国家版本馆 CIP 数据核字（2023）第 233968 号

广西师范大学出版社出版发行

　广西桂林市五里店路9号　邮政编码：541004

　网址：http://www.bbtpress.com

出版人：黄轩庄

全国新华书店经销

广西民族印刷包装集团有限公司印刷

　南宁市高新区高新三路1号　邮政编码：530007

开本：787 mm × 1 092 mm　1/32

印张：9.125　插页：6　字数：160 千

2023 年 12 月第 1 版　　2023 年 12 月第 1 次印刷

印数：0 001~6 000 册　　定价：58.00 元

如发现印装质量问题，影响阅读，请与出版社发行部门联系调换。

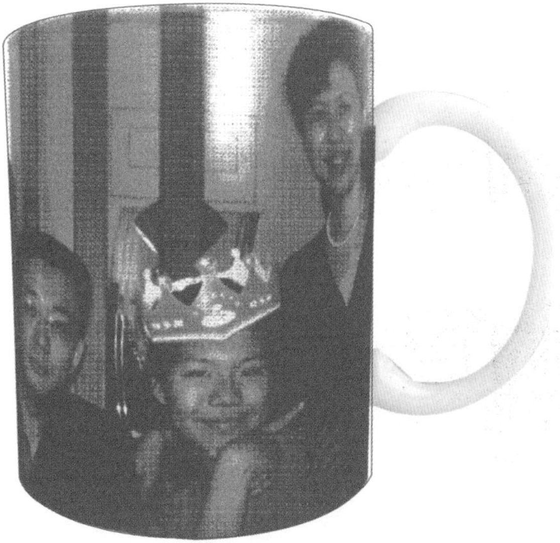

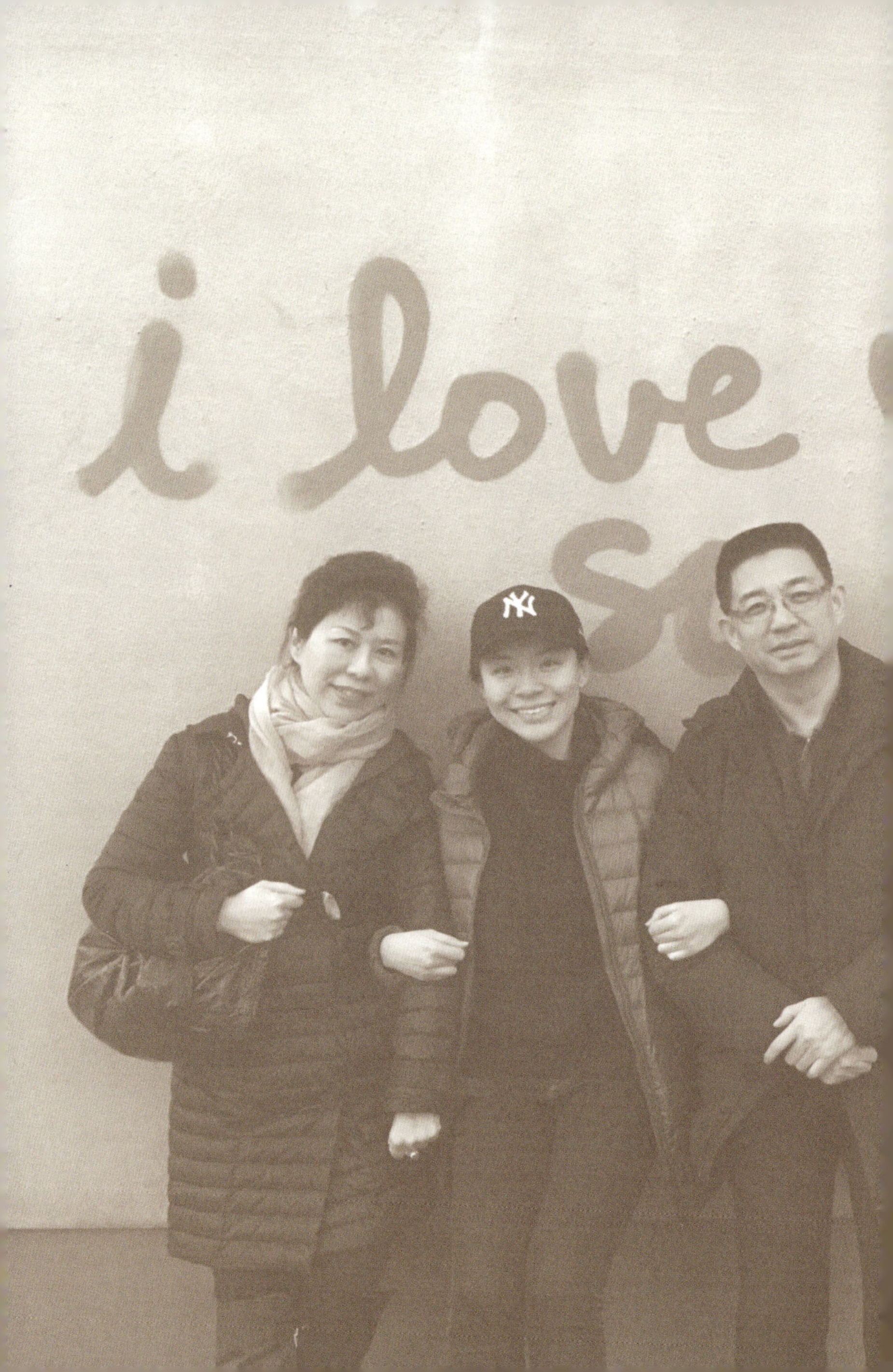
i love

ov
much.

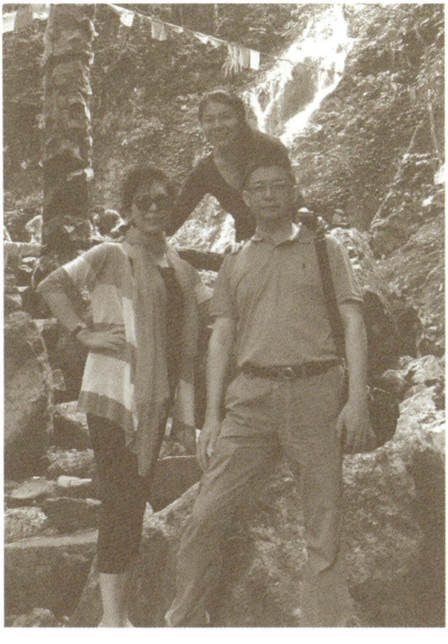

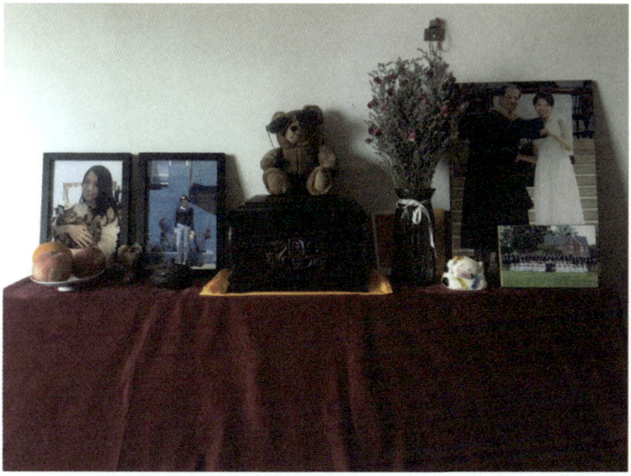

回 家

乔乔，亲爱的女儿，我们要回家了。

再过十天，就是你的二十九岁生日了，但苍天不仁，没有让你等到这一天。两天前，你告别了人世，也永远离开了我们。在北京八宝山殡仪馆的告别室，我们看着装着你的遗体的棺柩被拉走，送入火化间，那里不允许家人进入。在那里，炽烈的火焰将吞噬你，把你的躯体从这个世间彻底消除。

两个小时后，我们来到骨灰领取处，从一个窗口里取出装着你的骨殖的袋子。袋子上还留着几分温热。你将近一米七高的个头，五十多公斤的体重，如今被浓缩成了几段乳白色的骨头。我们小心翼翼，将袋子放入事先精心挑选出的骨灰盒中。

你的姨妈家的表哥走在前面，捧着你的遗像，那是你二十岁时，在法国戛纳海滩上拍的一张照片，你身着红色连衣裙，戴着黑色太阳镜，笑容欢快，长发飘扬。我走在后面，抱着被黄色绸布裹着的骨灰盒，殡仪馆的工作人员举起一把黑伞，走在我身旁，遮挡住投射下来的阳光，一直送到停车场上我们的车旁。

女儿，我们要回家了。

我坐在副驾驶位置上，抱着你的骨灰盒，搁放在并拢着的双腿上。我仿佛感受着一缕温热的气息，透过木质骨灰盒，传递到掌心里，传递到双腿上，一直传递到我的心中。这是最后一次了，今后我将再也无法这样近距离地贴近你，感知你的气息。

车窗外，是寻常至极的景色，展开在一个寻常至极的日子里。车辆川流不息，行人步态匆匆，一切看上去都与平时没有丝毫差异。但对我们来说，却是完全不同。这一天，是一条横亘在我们生活中的分界线，是一道划破了我们灵魂的深深刀痕，从此以后，我们的生命将截然不同。

几个小时前，在遗体送往八宝山殡仪馆之前，在海军总医院内科楼告别室里，你的亲人们，还有你最要好的几位同学朋友，来向你做最后的告别。现场反复播放着迈克尔·杰克逊演唱的《你不孤独》，英文是 *You Are Not Alone*，一首你生前非常喜欢的歌曲。歌声与亲友们的哭泣声交织在一起，令人肝肠寸断。当那段熟悉的旋律奏响时，你的灵魂该是被托举起来，朝向一个安宁的地方飘去吧？

女儿，你终于回到家了。

在人世间行走了二十几年后，你停下了脚步，把自己藏进一个小小的木匣子中，回到了家，回到了你自己的屋子里。这个枣红色的骨灰盒，摆放在靠墙而立的颜色相近的钢琴台面上。小时候，有好几年的时间，好多个日子，你一连几个小时地坐在这架钢琴前弹奏，琴声流水一样地到处流淌。但从此以后，再也不会有一只手，掀开厚重的键盘盖板，在黑白琴键上敲击出或忧伤或欢悦的旋律。它将长久地喑哑，一如你逝去的生命。

骨灰盒两旁，摆放着几张你不同时期的照片，有的还被放大，镶嵌在镜框里。它们无声地诉说着你生命中的一段段时光——

你坐在黄色的皮沙发上，身体前倾，长长的羊毛围巾裹着脑袋，咧嘴顽皮地笑着，露出两排洁白细碎的牙齿。那是在百万庄我们当时住的房子里，那时你还没有上幼儿园。

你穿着蓝底碎花的连衣裙，站在河北老家县城里爷爷家的平房小院里，我抱着你，身后是奶奶腌制咸菜的粗瓷大缸，头上是一棵枝叶茂盛的石榴树。

你很文静地站在海滩上，帆布短裙，白色的袜子，背景是一大片海水和远处岛屿的淡淡的影子。那是上小学的时候，有一年暑假，你跟着妈妈去舟山群岛旅游。

你在美国宾夕法尼亚州Perkiomen高中毕业典礼上，正从校长手里接过毕业证，笑得那样灿烂。这是个庄重的时刻，一袭白色曳地长裙是你的毕业礼服，把你的个头儿衬托得更加高挑顾长。

你和妈妈站在海南岛五指山上的一棵大树下，大树树根处又长出了一棵小树，仿佛孩子依偎在母亲身旁，树干上挂着一个写着"母子亲情"的牌子。你微笑着，头向妈妈一方微微侧着，一条胳膊搭在她的肩上。这一张照片时间最近，拍摄于二〇一九年元旦后的几天。

…………

每一张照片都会牵引出一段回忆。它们今后还会不断更换，既然有那么多照片留下了你的影像。在今后漫长的日子里，它们将成为我和你妈妈灵魂的食粮。它们会刺痛我们，它们也将抚慰我们。

这间屋子，你前后一共住了十八个年头。最初四年中，它是你每天的寝室；后来出国留学，十多年间，只有每年寒暑假期回来时才会住上几个月；大学毕业后的几年，回来的日子就更少了。它越来越像是一个驿站，一处旅舍。

但从现在开始，你每天都住在这里了。

春夏秋冬，寒来暑往，你将拥有这十几平方米房间中的每一寸空间，拥有三百六十五天里的每一分每一秒。你将再一次熟悉周边的一切，房间里的摆设，窗户外的风景，模糊嘈杂的声音总也不能完全阻挡住，吹进来的风会随着季节变换而携带着不同的气味。

在你生前的很多个年头，我们聚少离多，今后，我们再也不分开了。每一天，我们都在你身边走动，说话，你能够随时感知到；每一天，我们都会来到你的这间屋子里，看一眼照片上的你，拂去骨灰盒表面的尘土，抻平垫在它下面的丝绒盖布。每隔几天，我们会在你照片前的碟子里放上几个新鲜水果，再点燃三炷檀香。烟雾袅袅，香气浓郁，我们想象，这些气息能够通达你的灵魂所在之处，把我们的惦念和祝愿传递给你。

不放心你独自躺在几十公里外的墓园里，荒郊野外，怎么比得上自己家里温暖舒适。别说什么"入土为安"，墓穴一封闭，便是沉入了漫漫长夜，黑暗无边，如漆如墨。墓穴石板上方那一块小小的墓碑，夏天烈日暴晒，冬天寒风侵袭，想起来就心痛。身边都是素不相识的人们，虽然彼此间挨得很近，但不相信能够减轻你的孤寂。不如就在父母的身旁，让我们看护陪伴着你，一如此前的岁月。

女儿，这是你永远的家。你就踏实地住在这里，陪伴我们，直到将来某一天，那一双拉走了你的手，开始伸向我们。

杯子上的笑脸

目 录

第一辑 噩 梦

晴天霹雳 003

眼角的泪滴 012

"终结者" 022

长夜无眠 029

因果无凭 035

目光投向空冥 041

第二辑 挣 扎

无处躲藏 051

红灯闪亮："工作中" 058

滚落的石头 065

看不见的黑洞 074

抓住每一棵稻草 082

"妈妈，你答应过不哭" 090

即将干涸的瓶底 100

"把悲伤调成振动模式" 108

最 后 116

呼喊穿透时空 123

第三辑　回　忆

空虚如何填满　131

重叠的时间　137

灵魂有无　144

遥远的声音　154

杯子上的笑脸　163

纸上的梦　176

在目光之外成长　186

说吧，记忆　197

在路上　205

告别之地　215

永　远　220

附：女儿文章四篇

亚洲人在美国的尴尬　229

在美国上历史课　236

亲情感悟　241

小猫的名字叫"掸子"　246

天堂一定很美（代后记）　257

第一辑

噩 梦

晴天霹雳

灾难的降临，没有任何征兆。

没有人知道噩运迈开脚步时，是依据什么动机，沿着什么路径，但它的足音传过来时，却总是让人猝不及防。仿佛刚刚还是和风煦煦，眨眼间却变成了飞沙走石；仿佛正走在田野上，眼前是一片花团锦簇，但下一秒钟却跌进了一个陷阱。

对我们来说，二〇二〇年四月二十九日，就是一个这样的日子。这个日子，动摇了我们此前对于人生的观念，更改变了我们此后的生活面貌、生命历程。一切都与此前大为不同。

那原本是极为平常的一天，甚至比多数日子更让人觉得惬意。马上就要到五一了，这段时光是北京一年中难得的好天气。气温适宜，不冷不热，阳光明亮，天色碧蓝如洗，让心情也格外舒畅。那个上午，我坐在洒满阳光的阳台书桌旁，读完了一位女作家写流浪猫的长篇散文。文章妙趣横生，让我动了也为家里的三只猫写一篇文章的念头，并随手在一张纸上记下想到的几点。

简单的午饭后,下午两点来钟,我正在看电脑上的新闻,你妈妈正斜倚在北屋书房里的沙发上休息,她的手机响了,几句简短的低声对话后,她的声音陡然升高。我还没有来得及反应,就听到她喊我的名字,扭头一看,她神色惊慌,我直觉到有什么不好的事情发生了。

乔乔在北京!

你妈妈这第一句话就让我吃惊。怎么会呢?你现在应该在纽约,并没有告诉我们你要回来啊。没有等我问,她语气十分急促地说下去:她正在医院里看病,在北医三院。咱们赶紧赶过去!看到我狐疑的表情,妈妈又加了一句:刚才就是乔乔打来的电话!她的朋友正陪着她做检查呢。

顾不上多问了,稍稍定了下神,抓起几件随身带的东西,我们匆忙出门,坐电梯到地下车库,开车直奔十多公里外的北京大学第三医院。车还没有开出地库,我就了解清楚了是怎么回事。

大约半个月之前,你来电话说忽然视物模糊了,只能看到眼前几米的距离。问你是不是最近上网课用眼过度,或者休息不好导致,你也说不出原因,用了眼药水也不管用。妈妈让你注意先不要看电脑了,还向她的一位在美国的大学同学打听用什么眼药有效,那位同学的先生是迈阿密大学医学院的教授。对方发来了药名,妈妈发微信催你赶快去药店买来试试。

其实在你打电话的时候,人已经在国内了。在此之前,还在美国时,你的视力已经下降明显了,你自己也曾经购药,但没有效果，你有些担心，加上那时美国新冠疫情日趋严重，你正在就读的纽约大学研究生课程取消面授，改为网上授课，毕业时间也待定，你就设法买到机票，飞回了国内。你怕我们担心着急，没有告诉我们，先住到了一个要好的闺密朋友家，想看看情况再说。几天后症状依旧，你便去了就近的北医三院，挂了一个眼科的号，医生问了情况，开了几种药，有内服的，也有外用的，让你服用后看看效果。

那个电话就是在这种背景下打来的。但用药后症状并没有减轻，反而进一步发展，眼睛只能看到自己伸出去的手掌。没办法再拖下去了，于是昨天朋友又陪你去北医三院看眼科，医生检查后，听了描述，说感觉不是眼科的问题，让你改天挂一个神经内科。今天上午你们又去了，神经内科的医生怀疑是脑子里长了东西，让你去做一个头部核磁共振扫描。检查时，操作仪器的医生说从屏幕影像看是颅内占位，但检查报告要第二天才能出来。

这个结果让你们不知所措。你的朋友意识到情况不容乐观，觉得不应该再瞒着我们了，说服你给家里打来了电话。

一路上内心忐忑，有一种很不好的预感。我是第一次来北医三院，医院门口无法停车，只好让你妈妈先下车走进去。我不熟悉周边，好不容易才在七八百米外找到一个车位停下，急急地赶到门诊楼一层放射科大厅。你和妈妈还有一位女孩在一起，她正是你电话里说的闺密。旁边不远处，就是核磁检查室。这时一位阿姨也赶了过来，她是妈妈的一位好朋友，就在这家医院工作。

刚才在车上时，惊慌失措的妈妈就给她打了电话。

女孩简单介绍了一下刚才核磁检查的情况，转述了医生的话。阿姨说事不宜迟，别等到明天了。她让你们等着，带着我上楼来到神经外科的诊室，找到一位她认识的医生，简单说了情况。医生点开联网的电脑屏幕，调出一张核磁影像，看了一会儿，沉吟片刻，说大脑右侧侧脑室长了东西，体积不小。

我急忙问：是什么性质的东西？

医生说可以肯定是占位，但是什么性质还不好说。他填写了一个核磁预约单子，让第二天再来做一个增强型核磁扫描，以便看得更清楚一些，今天是普通的平扫，不是很准确。等拿到检查结果后，再来找他。

一种不祥之感，像是一团浓重的乌云，落在我心里。我们一同回到一层大厅，阿姨招手让妈妈过来，你紧挨着妈妈坐着，却对她起身离开没有反应，看来视力的确很成问题。阿姨简要地复述了医生的话，安慰焦虑不安的妈妈先不要惊慌，也许没什么大问题呢。

我们同阿姨和你的闺密告别，扶着你走到医院大门口，你走得很慢。我让你们等着，快步走到停车场把车开过来。上车后，你问起医生怎么说的，我故意用轻松的语调说医生也不确定，很多情况都会导致视力下降，等明天做完检查后再说。

回到家，已经临近傍晚。简单地做了几个菜，一边吃一边聊天。我和妈妈心里很乱，但表面上装得若无其事，问起你近来的情况，研究生论文准备得如何，投了几份求职简历，你的几位在纽约的大学同学都过得怎么样，实际上对你的回答并没有怎么听进去。你不久后就困了，不停地打哈欠，只当你是大半天检查折腾累了，让你早点去休息。我后来才知道，容易疲倦正是这种疾病的典型症状之一。

等你睡下后，我赶紧打开电脑，上网查询。因为没有看到正式的检查报告，只记着医生说过的只言片语，特别是"颅内占位"。根据一些零星模糊的了解，我知道所谓占位就是身体器官长了不该长的组织，且通常不是什么好东西。输入"颅内占位"，闪出许多相关的网页，让我眼花缭乱，无从下手。点开几个标题，没有耐心去认真阅读那些专业术语，目光只是着急地找寻关于预后情况的字句，发现有恶性的，也有良性的，但大多数都不乐观。

心里七上八下，觉得凶多吉少，心情像窗外的夜色一样沉重。又安慰自己，先别乱想了，明天做了进一步检查再说，也许什么事儿没有呢。但心里有事，睡不踏实，一个晚上醒来好几次。

第二天下午，按照预约的时间，我们带着你赶到了医院，去做增强核磁检查。扶着你躺到狭窄的检查床上，给你两耳里塞上棉球，磁共振机器启动，检查床载着你的身体，缓缓地滑入圆形孔洞里面。机器发出好几种巨大的噪声，节奏不同，时而尖厉，时而沉闷，长达半个多小时，我站在门外都感到说不出的难受，何况你躺在机器的腔内。

从核磁检查室出来后,妈妈陪你在旁边椅子上坐着,我又走到外面通道上的自助取单机旁,刷一下你的就诊卡,头一天检查的核磁照片和"MR检查报告单"从机器里吐了出来。检查报告单只有一张纸,上面是"征象描述",一大段专业术语,基本看不明白,但从那些描述文字,"团片状信号影""团块状混杂"等等,还是大致能够想象出什么。尤其是信号影区域范围显示为4.8cm×6.9cm×4.1cm,该是脑子里那个占位物的体积吧?想象了一下大小相仿的物体,觉得实在不能算小。下面是"影像诊断",很简短:右侧侧脑室占位,建议增强检查;继发侧脑室积水。

回家后,又仔细看了一遍检查报告。这次有了确切的描述,可以进行针对性查询了。我打开电脑,但忽然感到内心一阵发虚。想了解它们意味着什么,但又害怕知道。犹豫再三,还是合上了屏幕,心里对自己说,等拿到第二次的检查报告吧,那才是更准确的。

接下来就是五一节。这个节日,过得毫无心情,房间中有一种说不出的压抑气氛。你视力微弱,连续几天的检查显然也给你带来了压力,情绪不高,多数时间都待在自己的房间里。我们走进去几次,看到你躺在床上,有时睡觉,有时贴得很近地看着手机,有时仰面望着屋顶。我们有一搭没一搭地问你话,你也有些勉强地应答。几天中的经历,让我加深了对时间的相对性的认识。平常的一天感觉过得很快,如今却变得格外漫长,主观感受的不同，仿佛改变了时间的物理属性。

节日后第二天上午，我单独赶到医院，还是在那一台自助机器上，取出了增强型核磁扫描结果。"征象描述"和上一个报告没有什么变化，"影像诊断"依然很简洁，第一行写着：右侧丘脑及侧脑室内占位，继发侧脑室积水。比昨天的单子多出了"丘脑"两个字，应该是在更清晰的影像中看出来的。而更主要的不同，是这样一句话："室管膜瘤？胶质瘤？其他？"看来医生尚不能确定。

我赶紧上楼来到神经外科门诊，找到上次见到的那位医生，将胶片和报告递给他看。他粗略看了一眼，又按动鼠标从电脑上调出图像来看，表情比那天更为凝重。他指着屏幕上很大的一个白色团块，用一种毋庸置疑的口气说：情况不好，恶性的可能性非常大，要尽快住院手术，不能拖延了。他开出了住院单。

我不记得自己是怎么走到远处的停车场，又是怎么开车回家的。一系列的动作都像是下意识做出的。推开家门，迎面望到的就是你和妈妈问询的目光。我依然努力做出平静的样子，说大夫说了，需要做个小手术，把脑子的东西取出来就好了。等你回到自己的房间，我把妈妈叫到书房，小声地将医生的话告诉了她。我记得她的表情，仿佛冰冻住了一样，眼睛圆睁，目光投在半空中，好久才说了一句：看来在劫难逃了。

如果不是这一场突发的新冠疫情，你在这个月，也就是五月底前，就要完成纽约大学的研究生学业，获得硕士学位。我们曾经计划去参加你的毕业典礼，机票都预订了，甚至确定好了其后的旅行路线。但疫情改变了一切，航空公司先是通知航班延后，不久后又宣布取消。

这天夜里，等你和妈妈都睡下后，我惴惴不安地坐到书桌旁，打开电脑，上网查询医生打着问号的两种疾病。越看越紧张，身上一阵阵发冷。不管是室管膜瘤还是胶质瘤，都属于恶性，除了极少数最低级别的之外，大都无法治愈，严重影响生存质量和寿命。室管膜瘤，成人患者十年生存率为百分之七十到八十，而胶质瘤就更可怕，即便是低级别的，平均生存期也只有八到十年。

也就是说，如果确诊你的大脑里的占位之物是它们，不管是哪一种，都意味着你还有十年左右的生命。完全无法想象，怎么会是这样？但医生的口气分明又是十分肯定。那么，这样的结果又怎么能够让人接受？

那时我当然想不到，降临在你头顶上的恶魔的面孔，实际上还要狰狞丑恶得多。

第二天下午，我开车送你去住院。新冠疫情发展很快，医院的防护措施也在不断升级，住院和陪床，都需要做核酸检测、抗体、血常规和X光胸片。等待检查的人排起了长队。你几步之外就看不清楚，全程都只能让我们搀扶着。以往也有过几次类似的体验，但那时搀扶的对象是爷爷奶奶，如今却换成了年纪轻轻的你，感觉怪异而难受。

住院手续办完后,妈妈扶着你,我拉着一个小箱子,来到外科住院楼的大门口。箱子里塞满了几个袋子,分别装着盥洗用品和换洗衣物等。一位神经外科的护士正在等待,接过我手里的东西。我无法进去,看着你们走进里面,背影消失在一堵通往电梯间的墙壁后面。

苦难之门从此打开,我们走进了一年多的地狱般的日子。

眼角的泪滴

手术前一天,我被叫到神经外科医生办公室签字。上次在医院签字,还是二十八年前,妈妈生你的时候。

医生告知了手术可能带来的各种风险:高烧不退,语言、运动、代谢等多种功能受损,长期昏迷,全身瘫痪,甚至成为植物人,最坏的情形是下不了手术台……听得我喉咙发干,心像被一只手紧紧攥住,有几分喘不上气。我明白,术前签字是例行的程序,即使是做个简单的阑尾切除,也是如此。不过这次显然和过去不同,所提到的风险不是理论上的、概率很小的,而的确随时可能发生。

从住院到现在,已经过了半个多月。这么长的等待时间,已经足以让我们充分认识到这个疾病的凶险。

你的手术主刀医生,是神经外科杨主任,他是国内知名的神经外科专家,成功地做过不少高难度的手术,成就突出,曾获得过中国神经外科医师的最高荣誉奖。这位身材魁梧的山东大汉,言谈之间却有着一种格外的和蔼细腻。从一开始，他就劝说我们先别着急，一切以手术后的病理检测为准。虽然现在看恶性的可能性很大，但也不完全排除有良性可能。临床上也出现过这样的病例，有一些良性的瘤子，从影像上看有时也会有恶性表征，譬如神经元瘤。如果是这种情况就好了。看你住院这些天来的情况，变化不算迅速，即便是恶性，程度可能也不是很高。

这让忧心忡忡的我们感到了一些安慰。除了视力模糊，容易感到疲倦，你别的方面都还正常，胃口很好，思维言谈敏捷，没有出现过头痛和癫痫等恶性脑瘤常见的症状，这些仿佛都在支持杨主任的说法。

这期间，妈妈陪同你陆续做了多项术前常规检查。她与杨主任商量过，对你统一口径，先不告诉你实情，只是说你大脑内的一处血管畸形，处置一下就好了。看得出来，你没怎么怀疑。这样的反应也很正常。你一向十分健康，又是这样年轻，得上大病都是难以想象的事情，更不会想到死神正张开巨口准备吞噬你。这都是超出你的理解范围的。

其实，当时我们的认识，又有多少能称得上真实客观呢？如今回想起来，白纸黑字写着的病情诊断，与我们对它的理解之间，有着不小的差别，仿佛隔着模糊的玻璃看到的窗外景色。而这块横在中间、让事物变形的玻璃，便是我们的意愿。我们努力朝好处想，让自己相信那些冰冷的描述，未必就会导向可怕的后果。忧虑和恐惧，让我们的行为方式，也不知不觉地变得像一只鸵鸟,把脑袋埋进沙子里,似乎如此就可以避开越来越近的危险。

与杨主任安慰的话相比,其他医生的话就很不好听了。管床医生就明确地说,看这样子,基本上可以确定就是恶性,而且是高度恶性,不要指望会有什么例外。另一位医生问过一句:你们有几个孩子?这句话让我们瞬时有一种冷风扑面之感。好不容易产生的一点希望又破灭了。

等待手术的日子平静单调,你有些闷闷不乐,但并不特别紧张。我想起你小时候打防疫针,从来不害怕,不像别的孩子,哭闹着想逃开。开头几天,放了三张病床的病房里仅仅住了你一个病人,十分安静。妈妈发过来的一段视频中,你正在和同学通话,有说有笑,因为看不清楚,就把手机举到鼻尖部位,几乎贴在脸上。还有一段,病床边的小桌上放着好几样炒菜,你津津有味地吃着,很享受的样子。过后我从你手机的文字聊天记录和语音留言中,得知你给她们讲医院里的饭食,告诉她们查房的年轻医生有的长得很帅,你出院回家后的打算,等等。

等待时间这么长的原因,有必要的体检流程,有此前已经排出的多台手术要做,但主要的还是为了等天坛医院的一位著名医生的时间。天坛医院有全国最好的脑神经外科,这位医生以刀法细腻精湛闻名,被誉为神经外科领域的"亚洲第一刀",在业界声望极高,手术档期安排得很满。杨主任来三院之前,在天坛医院工作过多年,这位医生是他的同事兼师兄,两人都是著名神经外科专家王忠诚的弟子。

你的肿瘤生长的地方很不好，位置很深，在丘脑部位，邻近脑干，周围中枢神经密集，手术风险极大。杨主任说，他有把握做好这个手术，但为了更保险，他想请师兄来一同做，对方也答应了。但等到他有了时间，却因为疫情防控的要求，医院做出了新的规定，不再允许院外医生来本院手术。我们不甘心，数次去医院的管理部门请求，希望开一次绿灯，但院方始终不松口。那位医生作为全国政协委员，又要参加因为疫情而推迟了两个月的全国"两会"，他明确表示不要等他了，以免耽误孩子。

的确，无法再拖延了。手术前几天，你又做了一次头部CT，报告单上写着："右侧丘脑、侧脑室内见团块状混杂密度影，双侧侧脑室积水扩张。"显示病情又有了新进展。于是决定尽快手术，时间定在五月十八日，周一上午，是那天的第一台手术。这样的时间安排，也表明了医院对手术的重视。

手术前一天，在神经外科病房旁的小会议室里，杨主任通过屏幕投影，简要地介绍了他们的进口先进医疗设备，以及虚拟现实、纤维素成像、导航、荧光辅助等前沿技术，在国内医院中都是一流水平，这些都将在你的手术过程中使用。尽管并不是很明白，但心里还是踏实了一些。这是一个技术创造奇迹的时代，飞机高铁，手机网络，日常生活中的诸多便利，都来自技术的赐予，因此我们多少也都有一些技术崇拜情结。

这天下午，护士来给你剃光了头发。你用一条紫色长丝巾裹着脑袋,盘腿坐在病床上与同学视频,问对方你的样子是不是很酷。但毕竟是一台大手术,你难免会忧虑不安。后来妈妈告诉我,晚上熄灯后,听到你不断地翻身,下半夜才睡着。

手术当天,早上六点多钟,我就赶到外科楼十一层的神经外科病房门外,按下两扇紧闭的门上的电铃,说明情况,才被允许进入,到护士站旁边的访客区等待。两位护士进进出出地忙碌着,等到她们做好各种准备,才允许我走进病房。你身穿病号服坐在床上,光着脑袋,剃得发亮的头皮下面,黑色的发根痕迹密密麻麻。

一位手术室的专业护工推着手术推车进来了,车轮碾过水磨石地面,发出沉闷的声音。护工全身上下穿戴得严严实实,只露出一双眼睛。这是他的职业装束,却让我们陡然间生出一种紧张感。我们配合着护士的动作,把你扶上手术推车,躺平身体,护工给你盖上一条墨绿色的单子——那种常见的手术服的颜色,然后将手术推车推出病房。我们跟着一同穿过走廊,走出病房区,来到外面的电梯厅,揿下电梯按钮。

神经外科病房对面,电梯厅的另一端,大约二十米外,是产科病房。它的门口总是有不少的人,产妇的丈夫、娘家或者婆家的亲人。他们的言谈表情中有一些不安,但更多的是喜悦和盼望。现代医学条件下,分娩过程已经高度安全。新生命诞生的消息,最早都是从这里传出,引起一阵欢呼。等待电梯的时间很长,眼前的场景,让我不由得想到了多年前,我在人民医院妇产科走廊里等待你诞生的时刻。但这种联想却让我心中一阵痉挛。

电梯门上方的绿灯终于亮了,电梯门无声地滑向一侧。乘电梯下到三楼,这一层都是手术室。护工对着门上的对讲机说话,门开了,我和妈妈目送着你被推进去,门随后关闭。我看了一下时间,七点一刻。

然后,妈妈按照医生的要求,回到病房等待,我没有办法再次进去,只能下到一楼大厅,好不容易才在过道旁的几排长椅中找到一个座位。

这一台手术复杂艰难,事先我们被告知至少要五六个小时。我想象着此刻手术室里会是什么情景,焦虑不安,怎么坐都不舒服,身子不停地扭来扭去。多日来睡觉一直不好,加上刚才几个小时的紧张和折腾,不久后困意袭来,脑袋垂下,打起盹儿来,但迷迷糊糊中忽然又想到手术,一下子睡意全消。

手机响了,是你姑姑打来的电话。她说她已经委托一位南方朋友,从当地的水鲜市场买了很多活鱼,放生到附近的一个大湖里,并联系了数百人的僧团为你诵经祈愿,现正在进行中。姑姑虔信佛教,已居家修行多年,早晚功课勤勉不懈,研读大量佛教典籍,参加各种法事活动。我按照她的要求,心里反复默诵南海观世音菩萨名号,祈求保佑手术成功。

妈妈几年前也认识一位青海藏区一座寺庙里的活佛,从得知你的病情开始,她就一直与他联系,请他祈求呼唤神力加持,保佑你平安渡过劫难。妈妈告诉我,活佛刚刚发来短信,说此刻他

噩梦 017

正在寺庙里,与众多喇嘛一起,全力为你诵经祈祷,请她放心。

一位年轻人走过来,坐在对面椅子上刚刚空出的位子上。还没有坐稳,他就掏出手机,快速按动键盘,等话筒里传来声音,他就又站起来,原地来回走动,用江浙一带的口音,大声说小文顺产生下了一个男孩,几斤几两,母子平安,给爸爸妈妈报喜。小文立了大功,我会好好照料她,请你们放心。他该是刚从楼上妇产科病房下来的,小文该是他妻子的名字。听他的口气,电话那头应该是他的岳父母。声音中是抑制不住的快乐,引得周围坐着的人纷纷抬头看他。

时间慢慢流淌,感觉格外漫长。下午一点多钟,我看到杨主任穿着一身手术服,从旁边的通道走到楼外,知道主要手术已经完成,下面该是其他环节,像创口清洗、刀口缝合等。我起身离开,乘电梯来到手术室那层,妈妈也从病房赶来,一同在手术室门外等待。

电梯门开了,走出三个人。一位老人,看上去七十来岁,穿着一身病号服,旁边两个女人,都是四十多岁的模样,一人搂着他的一只胳膊,十分亲密的样子。三人走到手术室门口,停住脚步,两个女的先后叮嘱说:爸爸,你踏踏实实的,时间很短,就当是打个盹儿。医生都拍了胸脯了,微创,百分之百安全。老人也含笑点头,说放心放心。里面的护士打开了门,老人自己走进手术室,姐妹两人转身走回电梯旁,有说有笑地等电梯下来。这一定是一个很轻微的手术,我心中涌上一阵羡慕。

手机又响了，是一个陌生的声音，让我们马上去神经外科病房，要告知手术情况。又来到了那间小会议室，一位年长的医生告诉说手术很成功，肿瘤已经做到最大程度的切除，没有损伤神经血管，出血很少。残余的部分，下一步要通过放化疗来杀灭。

心里瞬间有一种放松感，仿佛从密闭的房间走到外面，呼吸到了新鲜流畅的空气。但我马上想到一个关键的问题，急忙问：切片病理检测结果是什么？

三级。对方回答。

头一天手术签字时，我们被告知，手术开始后，会从打开的肿瘤部位切割下少量的组织，进行切片快速冰冻，半小时左右就会得出检测结果，据此为肿瘤定性，确定紧接下来的手术，是按照原来的方案继续进行，还是进行调整。医生说如果切片检测结果是良性，那就谢天谢地了，也就不会有后续的放疗化疗了。不过，他语气稍微停顿了一下后说道：从影像的情况看，良性的可能性很小。你们要有心理准备。

此刻听到回答，我一下子蒙了。虽然一直希望是良性，也知道可能性不大，但多少还是抱着一丝希望。现在被明确告知是恶性，梦想彻底破灭了。比这更难以承受的，是病理结果超出意料，直接就是高级别。

我事先已经了解到，胶质瘤分为一到四级，级别越高，病情越严重，治疗难度越大，生存期越短。虽然也想到可能是恶性，但从来没有想到会是三级。你身体一向很好，且发病后除了视力障碍和容易疲倦，并没有癫痫、剧烈头痛等典型症状，因此并没有向更高的级别上想。三级属于高级别胶质瘤，生存期通常只有几年。怎么，你只能再活几年，连开始时让我们恐惧忧虑的十年都不到？完全想象不了。

离开会议室，走到病房门口，恰好杨主任从旁边走过来。妈妈带着哭声，说孩子的病是三级，这怎么办啊。杨主任停下脚步，表情很镇定，说一步步来吧。看到他的反应，我忽然意识到，其实他从一开始就很清楚你的病情，他说的那些让人抱着希望的话，只不过是为了安慰我们。

杨主任告诉我们不用等待，你会被推到重症监护室观察。我们又回到一楼的大厅里，座位已满，只好走进靠近门口的咖啡厅，买一些东西吃——为了能够在里面坐下去。两个人都无心说话，头向后仰靠在座位上，脑子里翻江倒海一般。

几个小时后，手机再次响起，通知说晚上七点钟你要去做CT，检查手术后的脑组织情况，家属可以去看一眼。我们在那个时间前赶到地下一层放射科，在电梯旁等待。感觉又过了很久，才看到你躺在病床上被推出来。推床的是几个年轻的男女医生，看上去和你年龄差不多，也许是来实习的医学院学生。

病床的仪器架上悬挂放置着好几种监测仪，你浑身上下插满了管子。你大半个脑袋裹着白色的绷带，隐隐渗出血迹，脸色蜡黄，双眼紧闭，眼角挂着一滴眼泪，鼻子和嘴上罩着呼吸机，气息微弱。我的心像是一下子被紧紧攥住，感到一种前所未有的疼痛，眼泪也流了下来。妈妈更是哭出了声，肩膀抖动。有一段短暂的时间，你意识稍微清醒，很用力地睁开眼睛，似乎想说什么，然后又闭上了眼，嘴唇不停地颤抖。

当时，我们已经难过得如同锥心刺骨一样，没有想到，接下来的情况更坏。

手术一周后，医院病理科的检测结果出来了：切片冰冻、石蜡结果，右侧侧脑室高级别胶质瘤。弥漫性中线胶质瘤，伴H3K27M突变，WHO四级。形态符合胶质母细胞瘤。

这是正式病理报告，权威性高于手术中的快速切片检测，按照业内的说法，是肿瘤诊断的"金标准"。因为受到检测时间、技术手段等因素的影响，术中检测往往不是那么准确，因此要以手术后的检查报告为准。

巨雷轰顶。世界崩塌了。我们瞬间如同跌落进了深渊。

"终结者"

这是一种发疯般的感受：你即将被一种极端险恶的疾病夺去年轻的生命，而这种病，此前我们完全没有听说过。

因为你的症状以及医生的诊断，都高度指向胶质瘤的可能性，因此这半个月中，我多次上网查询，从海量的信息中，对这种疾病有了基本的了解。

胶质瘤，是一种原发性中枢神经系统肿瘤，是大脑和脊髓中的胶质细胞发生癌变导致的，患者会出现头痛、癫痫、肢体瘫痪麻木、言语障碍、视力下降、恶心呕吐以及颅内出血等症状。它在总人口中发病率很低，只有十万分之五左右。但在神经外科的恶性脑瘤中，却又是常见的，占到颅内肿瘤的将近一半。按照世界卫生组织制定的分级系统，将胶质瘤分为一到四级，级别越高，恶性程度也越高，预后越差。其中胶质瘤四级又被称为胶质母细胞瘤（GBM），最为险恶，五年生存率不足百分之五。

胶质瘤的难治，首先在于胶质细胞的特殊性。大脑内的神经细胞分为两类，即神经元细胞和胶质细胞。胶质细胞分布在神经元细胞之间，形成网状，对正常的神经元细胞起到支持、营养、保护的作用。它与神经元细胞相互浸润，高度交融，难分彼此。

我看到电视上一档健康节目中，对胶质细胞有一个形象的介绍，把它比喻为"神经细胞的胶水"。因此，一旦胶质细胞发生癌变，就不会像身体许多其他部位的肿瘤那样，有比较清晰的边界，容易和正常细胞分别出来。

比喻是语言的极致，力图准确生动地描绘出事物特点并揭示其本质。我还听到过好几个其他的比喻，外科医生借此来说明，这种肿瘤为什么难以对付。胶质癌细胞渗透进了正常的脑部组织，就像把一碗豆腐脑泼进了一捧极细的沙子中，彼此难以分辨。另外一个比喻是，胶质瘤生长在脑组织中，就好像一棵菜花长在一块松软的豆腐里，你如何才能从豆腐里拿掉菜花，同时又保持豆腐完好无损？

胶质瘤的治疗，通常首选也是手术切除。但它的难度，除了上面说过的边界不清外，还在于病灶所处的位置。胶质瘤长在大脑和脊髓部位，它们属于人体最重要的中枢神经系统，很小的空间中，密集分布了主管语言、运动、感觉等多种功能的神经。手术稍有不慎，就会导致神经损伤，严重影响病人的生活和生存治疗，因此，需要审慎周密地权衡和选择。通常的原则，是在维持基本功能的前提下，尽可能地多切除肿瘤。

然而，由于胶质癌细胞的特性，即便是做到了最大程度的切除，残存的细胞仍然会疯长，最终难以收拾。业内对此也有一个耳熟能详的比喻，就是割韭菜，割掉一茬，很快就又长出新一茬，复发率几乎是百分之百。医院神经外科的一位副主任告诉我，他见过的进展最快的一例，前后两次CT只隔了三天，胶片上显示的肿瘤图像就大为不同，从隐约可见变得清晰巨大。

一个令人不寒而栗的数字，冷冰冰地摆在眼前：胶质母细胞瘤患者，如果不治疗，只能活几个月。经过治疗，中位生存期也只有十四个月左右。所谓"中位生存期"又被称为"半数生存期"，是临床上评价肿瘤治疗的重要指标，大致指的是罹患某一种癌症的患者中，一半人的平均生存时间。这个来自科学统计的数字，真切，坚硬，传递出的是毋庸置疑的绝望。

因此，胶质母细胞瘤一经确定，几乎等于发布了死亡通知书。它被称为"终结者"，其恶性程度甚至超过有"癌中之王"之称的胰腺癌。恶疾如同一道道深渊，而它是最深最暗的一道。

被这道深渊吞噬的名人，就可以数出好几位。

现任美国总统拜登的大儿子博伊，是美国政界一颗耀目的新星，担任过两任特拉华州总检察长，是问鼎该州州长的强有力的人选，也因此深得父亲喜爱，并被寄予厚望，但他不幸患上此病，尽管及时地进行了一系列手术和放化疗，仍然未能挽回生命，去世时年仅四十六岁。拜登在参加美国总统就职典礼头一天的一次演讲中，说到此刻站在这个讲台上的，应该是他的儿子。"当你失去你所爱的人时，你会感到胸口开了一个深深的黑洞，你会感到自己正被吞噬。"尽管儿子去世距此时已经五年，但说到这里时，他仍然难掩悲伤，语调哽咽。因此，早在当选总统之前的二〇一六年，也即儿子去世后不久，作为副总统的他就牵头提出了"癌症登月计划"，旨在整合美国科技资源，力争用十二年时间，攻克包括胶质母细胞瘤在内的十二种癌症。

几年前的一本美国畅销书《追逐日光》，也是因为这种病而进入了我的视野。作者尤金·奥凯利，是全球著名的毕马威会计师事务所的董事长和首席执行官。他也是在事业正处于巅峰状态的五十三岁时，确诊得了此病，医生说他的生命还有四到八个月。经历了短暂的震惊和痛苦后，奥凯利迅速调整了心态，以与时间赛跑的姿态，写下了这本书，记录自己的最后时光，表达对生命的深入思考。这正是书名的寓意。他是在确诊六个月的时候去世的。

权力和金钱，对这种恶疾都无可奈何。

面对这种疾病，医生常常表现出的饱满高涨的职业自豪感，也明显地收敛了。有一次在门诊，我就看到一位医生，把看过的核磁报告还给满脸愁容的病人家属，告诉家属说："都这种程度了，治或不治，结果都差不多。"停顿了一下，他又说："家里如果经济条件好的话，就治一治吧。"

网上论坛里，一个神经外科医生说，医学对低级别胶质瘤今后可能会有更大的疗效，但胶质母细胞瘤，十年内很难有突破。他用一种沮丧的语气写道，"与胶母的对抗中，每次都是我们以惨败收场"。

如果相信这种说法的话，那就意味着，在将来相当长的时间里，还有不少人将会被这个邪恶的病魔捕获，饱受蹂躏，最终饮恨辞世。这一片泪水之谷中，将源源不断地注入新的溪流。

同属胶质母细胞瘤，根据所在部位、细胞分子分型等，又可进一步细分成若干类型，对应着长短有别的生存期。你罹患的中线弥漫型，是其中十分严重的一类。有医生说过，如果对现有的胶质瘤四级分类法进行扩充，增加一级的话，它无疑属于第五级。

我知道的是，在你手术后十多天，神经外科与病理科、放射科等科室的医生进行了会诊，判定你的情况很不好，预计生存期只有十个月左右。

又过了几天，你的基因检测结果也出来了。一家远在江苏的基因检测公司，将一份名为《精准医疗临床路径信息报告——神经肿瘤精准治疗基因测序》的报告，发到了我的手机上。报告长达六十页，详细地陈述了你的病情，内容非常专业，绝大多数无法看懂，但经医生介绍，我得知你的几项重要的肿瘤指标，不幸都与最坏的情况挂钩，每一项都看得我心惊胆战——

IDH 野生型。它比突变型恶性程度更高，平均生存期不到一年。

Ki-67 指数 50%+。这是肿瘤细胞增殖指标，你的这个数值很高，表明生长和复发速度快。

H3K27M 突变。这种情况常见于儿童和年轻成人，肿瘤呈弥漫性生长，恶性程度极高，预后极差。

TP53 变异。TP53 基因是一种肿瘤抑制基因，它的变异意味着防御机制对癌细胞失去了正常的抵抗功能。

MGMT 甲基化阳性。这是显示患者对化疗药敏感的指标，给我们带来一丝希望。不过有医生说阳性程度只有超过 30% 才有意义，而你只有 17%。

…………

噩耗后面，是更大的噩耗。一而再，再而三，层层升级，注定了在劫难逃。心里好像有千万条钢针在扎。无话可说，绝对的无话可说。

在死亡阴影笼罩之下，许多习惯的想法也产生了异变。

你住院等待手术的那几天，同病房住进了一位和你岁数相仿的姑娘，是北京一所大学的研究生，毕业后分到北京海淀区的一家单位，上班第一天报到时，被一辆疾驶的车给撞了，头部成了血葫芦，而且严重变形，现场看到的人都说肯定没救了，拉到三院来急救，神经外科快速组织了专家团队，用了最先进的技术手段，终于救活过来。这是她回家疗养一段时间之后的第二次住院，来做一次颅骨修补手术，恢复后就和正常人没什么两样了。

如果是在过去，这种情况根本不敢想象，但如今，相比你的病情将导致的可怕后果，我们竟然十分羡慕。她的表姐陪同住院，两个人用老家的胶东方言聊天，商量着出院后戴什么样的头套,去什么地方疗养,看不出有什么明显的心理负担,因为医生已经打了包票。手术前,女孩的父亲来医生办公室签字,但是都没有来病房看一眼女儿就走了。女孩说父亲电话上讲了:妮子,过几天家里见。

我百感交集,忽然想到了一则寓言:一个人抱怨自己没有合适的鞋子,很久以来闷闷不乐,直到有一天,他走在路上,看到一个失去了双脚的人,用双手撑着地面,吃力地向前挪移着,他受到启发,自此改变了人生态度。

看过这个寓言的人,都会受到鼓舞,我也是如此。它直白浅显,寓意深刻,励志色彩浓郁。但如今,看着躺在病榻上的你,想到这个画面,我却羡慕起了那个失去双脚的人。

他失去了双脚,这很不幸,但他毕竟不会很快失去生命啊。

这不符合正常的思维逻辑,但在有些时候,在某种非常状况下,无法用正常逻辑思维来要求。

长夜无眠

乔乔,亲爱的女儿,如今你辞别人世已经几个月,我的情绪也稍稍平复了一些,能够对你患病期间自己的内心状况,做一番回顾梳理了。

没有人愿意反复咀嚼苦难。我们之所以如此,并非因为具有什么受虐情结,而只是由于凭借这个行为,可以获得一种与你在一起、不曾分离的感觉。

收到基因检测报告好几天后,我的脑海中依然一阵阵地恍惚,不愿相信这个结果,更难以接受。总觉得这不真实,肯定是什么地方出了差错。怎么能够想象,你会得了这样致命的病,事先却毫无征兆,就仿佛一池微微荡漾的清水,瞬间凝结成了一块巨大的冰坨。

在不久的将来,天地间再也没有你?一个原本健康快乐的生命,很快就要坠入死亡的深渊?这样的反常悖逆,既不合物理更不符人情,其中的理由和逻辑是什么?每每想到这一点,就有一种强烈的、难以忍受也难以辨析清楚的复杂感受，让人悲哀、愤怒而无奈。尤其是弥漫其间的那种荒诞感，比愤怒更强烈，而恐惧只是最初几天的感受。

有好几次，我开车行驶在家与医院间的路上时，忽然间就泪水涌出，模糊了视线。我许多年里不曾流过泪了，曾经怀疑是不是泪腺分泌有问题，但此时明白了，那只是因为过去一直岁月安好，尚不曾遇到伤心欲绝之事。

这是问题的实质，是伤心的核心：你自己认为，我们认为，所有认识你的人都认为，你的真正的生活即将开始。过去所有的努力，都是在为迎接这一天做准备，是一种铺垫和过渡。仿佛走过了很长的路，前面出现了一道门，隐约闪亮，似乎允诺着那边有着无限的美好，但走近时，却发现门后面是令人眩晕的万丈断崖。

既往所有痛苦的经历，在这次劫难面前，都变得轻微如飘絮鸿毛，短暂如电光石火，程度上完全不可比拟。语言难以描述那种具体的感受，我只能说，其间的巨大区别，仿佛是一列山脉的阴影和一朵云彩的投影。

那些天，我白天疲惫不堪，但晚上却又难以入睡。过去我一向睡眠很好，躺下后十分钟内就能睡着，偶尔受什么事情影响睡不好，最多也不过一两个晚上的事情。但从你的事情发生后，有长达三四个月的时间，出现了严重的睡眠障碍。特别是在你住院手术和放疗的那些日子，我独自一人在家，每个黑夜都成了难挨的煎熬。

我在两个卧室里的床上，在书房里的沙发上，在客厅里的长榻上，不停地变换地方，或平躺或侧卧，辗转反侧，但依然睡意全无，感觉每一种姿势都别扭较劲，每一个部位都僵硬难受。气急败坏中，我甚至不由自主地做出一些怪异癫狂的动作，伸出拳头击向虚空，一把将摞在床头柜上的书推到地上。

好不容易睡着了，忽然就又想到这件事情，仿佛突兀地插入了一个东西，立刻心跳加速。梦境中，仿佛听到一个声音在努力确认，这是否是真的，是不是一个梦？但很快就意识到这是千真万确的，立刻就有一种悲哀的情绪涌上来，人也随即醒了过来。这样的情形，有时一晚上要出现几次。

那段时间，每天夜里也就睡两三个小时，还曾经连续三个夜晚没有合眼。家人亲戚都为我担忧，劝我看医生。我内心虽然不以为然，但也担心发展下去会影响到照护你，还是去挂了号。我向接诊的女医生如实地讲了情况，她很肯定地说：你这就是心源性抑郁。她给我开了好几种镇静安神抗抑郁的药物，但服用后效果仍然不佳。我验证了药物在我身上不起作用，正如喝茶从来不影响我的睡眠一样。我一天到晚口不离茶，有时到深夜十点多钟还新沏一道茶喝，但仍然能快速入睡。可见如今的难眠，归根到底还是情绪的作用。

即便能够入睡，每天早晨五点钟前都会醒来，但又不知道应该做什么，一片茫然。我经常走出小区门口，沿着一条固定的线路行走，脑海里的想法飘忽断续，仿佛一朵乱云，手掌机械地拂过身旁半人高的冬青树丛，偶尔会揪下一把叶子揉碎，指缝间沾上了黏糊糊的汁液。

那些天，几乎每天都要买一些新鲜的水果送到医院，请护工下楼来取走带进病房。我每次走进水果店里，总要停顿一下，将飘忽散乱的思绪拉回来，把目光投到眼前摆放着的各种水果上，努力回忆，才能想起来你妈妈告诉我要买哪几样。这个过程很像电影里的慢镜头。

心情极度糟糕，也没有人监视督促，便索性彻底放纵自己。房间好多天不打扫，原本光亮可鉴的木质家具上，落了一层厚厚的浮土。吃饭也都是胡乱对付，泡一袋方便面配一包榨菜，煮半袋速冻水饺，将冷冻的花卷包子放进微波炉里转几下，把几棵小油菜扔到锅里煮熟，便是一顿饭。不长时间中，体重下降了十几斤。连家里的猫也跟着倒霉了，本来早晚各一顿饭，也减成了全天一次，三只猫都瘦了不少，尤其母猫妞妞，原本肥胖得夸张，让人看了照片都忍不住发笑，也很快变成了正常体型。

正值盛夏，动辄一身汗湿，但我在情绪最崩溃的一些日子，有时晚上不洗澡就直接上床了，虽然浑身黏糊糊的不舒服，但陷入深深的惰性中，就是懒得动。几个月后，因为后背处红肿发炎，疼痛难忍，去医院检查，医生诊断是皮脂腺囊肿，问我是不是平时不注意卫生，导致汗毛孔堵塞，让我十分羞愧。只能做了外科小手术排除脓肿，为了预防感染还输了几天液。

数十年来，阅读一直是我乐此不疲的事情，是精神愉悦最主要的来源。但有几个月的时间，这一习惯完全变样了，根本不想去翻书，即便勉强打开，也无法集中注意力。目光盯着书页，但却要过上一会儿，才能将思绪拉回来落在文字上，再过上片刻，才能明白它说的是什么，整个反应迟滞了一两分钟。

回想起那些经历，实在难以忍受，不堪回首。种种滋味，都是我此前想象不到的，也因此断定过去读过的某些描写痛苦的段落，只是作者的臆测而已，并非亲身体验，因为它们表达出的都是泛泛的东西，而真实的痛苦具有差异性，是个体化的。它更让我认识到，不要用轻率的口气谈论苦难，尤其是别人遭逢的苦难。如果无法做到共情，至少也应该沉默，而不要以居高临下的口吻，责怪当事人何以迟迟难以走出。没有性质和程度相同相似的经历，任何乐观豪迈的表态，都显得轻易和廉价，都不值得信赖。

我也知道陷溺在这些负性情绪中的坏处，不止一次地告诫自己，不应该这样，它于事无补，同时又在白白浪费时间。但没有办法。仿佛被一只有力的手掌死死捺住，我无法挣脱，只好听之任之。

如今，面对这些文字，我如同面对一面镜子，看到了自己当时张皇失措的模样。文字描绘只是替代，只是实体的影子，仿佛照片之如真人，是打了折扣的感受。这样展现自己的脆弱无能，不是光彩的事情，但这是事实。这一场遭遇，让我原形毕露，离自己一直向往的处事不惊、镇定自若的境界,实在是太远了,让我备感愧疚。

　　但倘若重新来过,我恐怕仍然只能是这个样子。

因果无凭

但为什么会是你,得了这个病?

在最初的震惊之后,我想任何人的反应都会和我一样,追问患病的原因:为什么会是这样?十万分之几的概率,极其罕见,就好像买彩票中了大奖一样,怎么就被你赶上了?

你一直十分健康,又很爱运动。还在幼儿园时,就参加了月坛体育馆的少儿游泳班,几种泳姿都很娴熟。前几年我们一同外出旅游时,你随身带着泳衣,一有机会就去酒店游泳池游上几圈。到美国留学后,受美国人生活方式影响,更是养成了健身的习惯。寒暑假期回国时,你可以连续几天宅在家里不出去,但每周三次去附近昆玉河边的那家健身馆,却是从不落下。我练哑铃时,你纠正我的姿势,告诉我怎样才有效果。

就在你得病半年前的那个国庆节长假,妈妈去纽约看你,你每天晚上都要去所住公寓的健身房,在跑步机上疾走,躺卧上举哑铃。妈妈发回来的照片上,你身材匀称,肌肉健美,青春活力四射。

你的生活习惯方面，让我唯一有点儿担心的，是喜欢辛辣味重的食物。你每次回来，总是要和好友们去海底捞之类的地方大吃一顿，还喜欢吃街边的烤串，说在美国吃得太清淡了，不过瘾。另外，你喜欢喝咖啡，不加糖的美式咖啡，一天能喝好几杯。我多次提醒过你要注意，不要得上胃炎。

但我做梦也想不到，你会得上这样一种病。而在此之前，我甚至不知道它的名字。

这使我想到，我们日常的生活，实际上有着各种盲区。虽然今天信息渠道丰富且畅通，想了解什么都不难，也因此容易让人产生一种一切皆在掌控中的感觉，但事实上，有许多事物和知识从来不曾进入我们的意识。我们不知道它们，自然不会想到去进一步了解它。

人类疾病的家族十分庞大，据说多达两万种，不过大多数人了解的，通常也就是最习见的几种、十几种，能说出几十种就算很不错了。偶尔，对某个知名的公众人物的报道，会让人得知世界上存在着一种罕见的疾病。一个典型的例子，是英国大物理学家霍金，他让我们知道了渐冻症的存在，它有个拗口的正式名字"肌肉萎缩性侧索硬化症"。而发生在你身上的遭遇，也让我和事先完全不知情的、遥远如同天边的一种疾病，一下子变成了零距离。

资料上说，单个胶质细胞基因变异，是导致脑胶质瘤发病的源头因素。那么，又是什么原因导致了细胞的变异？

我问了多位医生，上网反复查询，得到的一致回答，都是该病病因不明，遗传、环境、饮食、情绪、感染等因素均可能诱发，是患者自身因素和外在环境因素相互作用的结果。唯一较为确定的是电离辐射，像经常接触放射性物质、频繁进行X光射线检查等，都是这一类。你过去多年的生活环境中，不论是国内还是国外，学校还是住所，都不应该有这种情况。你的高中和大学的同学，也没有听说有谁得这个病。

电离辐射的因素排除了，至少是不可追索，那么，其他那些理论上存在可能性的因素呢？会不会是某一种或某几种因素，因为某种原因跨越了边界，由可能性变为现实性？我还是要努力查清原因，就像芒刺在背，鱼鲠在喉，必须要消除掉。

遗传因素可以排除，父母两方的家族中都没有人得这样的病。手机辐射是比较常见的说法，但同样只是猜测，并没有强有力的证据支持。胶质瘤患者中，十岁以下的儿童占了不小的比例，他们能看多少手机？况且，你平时使用手机的频率，并不比同龄人更高，倒是阅读纸质书的时间明显多过别人。

看到一条网上消息，耳机也可能会产生辐射。走路时，阅读时，包括在跑步机上运动时，你都喜欢戴上耳机，听着音乐。但有同样习惯的大有人在，为什么他们都安然无恙？

因为熬夜？你的确睡得比较晚，假期在家时，一两点关灯是经常的事，但起得也晚，多是在上午十点以后，总的睡眠时间不算少了。身边的年轻人，经常熬夜的不是少数，通常还得早早起床，准时赶到单位打卡。

也许，情绪因素是一个诱因？但在很多人眼中，你足够欢快开朗。你的一位大学同学，在纽约一家会计师事务所工作的北京姑娘，得知你生病，大为震惊。她在电话上说，去年十月下旬，也就是妈妈探望你回来后不久，她还与你一同去听了一场音乐会。那时丝毫没有看出你有什么异常，你与过去一样精力充沛，笑点很低，一件平常的小事就让你乐得前仰后合。

我们当然比别人更了解你。你的性格中内向的一面，一些时或忧虑不安的表现，只愿意自己咀嚼不肯向人吐露的心思，别人未必感觉得到。但这些都应该在正常的情感波动幅度内，不至于带来致命的影响。而且，即便真的面对严重的压力，又有几人能得上此病？当我有一次向北医三院神经外科一位年轻的博士后医生谈到这个话题时，他很是不以为然，表情中带着一缕哂笑，手朝外面一指，说旁边就是北京大学第六医院，住了好多确诊的重度抑郁症患者，病程长达十年二十年，发作起来吓死人，但也没听说谁得了这个病啊。

关于这个病，有一点尤其吊诡，更让我们感到迷惑。

胶质瘤级别越高，发病越快。譬如IDH突变型，多是由低级别发展而来，病程相对缓慢，通常要十几个月以上。而野生型，则平均发病只有四个月左右，经常是事先毫无征兆，一出现症状就到了十分严重的程度。你的基因检测结果正是野生型，你的表现形态也符合这种情况。

这么说来,应该是二〇二〇年春节后,再早的话也不会早于这一年的年初,病魔突然伸出魔爪攫住了你。至于为什么会这样,我们猜测种种可能,也向你了解那一段时期的生活情况,但仍然毫无线索。仿佛发生了一件离奇的命案,却找不到凶手的蛛丝马迹,连作案动机都是个谜。

所以,还是那句"患者自身因素和外在环境因素相互作用的结果",更为稳妥,无懈可击,虽然几乎等于什么也没有说。这样的表述中,有一种不得已而为之的无奈。好几位医生都说过,谁能真正破解这个病因,绝对有资格得到诺贝尔医学奖。

但被迫接受这个结果,绝不等于毫无意见。一种愤懑的感觉尖锐地浮现:这难道就是一个生命被处置的方式?含辛茹苦,养育到风华正茂的年龄,却因为脑子里一团坏细胞的疯狂生长,所有的可能都将被关闭,所有的希望都将要凋谢。没有比它更为巨大的荒诞了,实在让人难以想象。如果能够预知,能够阻止它的发生,还有什么代价不能付出?

但命运的可怕之处,就在于无法预知,更无法改变。

一直信奉因果律,相信事在人为,相信很多致命疾病都是来自生活方式的错误,像长期吸烟患上肺癌,饮酒无度导致肝癌。几年前我的姨父死于肝癌,不到七十岁。听到消息,亲戚朋友们难过归难过,但没有人感到意外,有人更是心直口快,感慨他是咎由自取。我其实也是这样想的。这并非对他不敬,他是长辈亲戚中最让我感到亲近的。但他实在是太没有节制了，几十年间，每天三顿饭都要喝酒，雷打不动。在他去世前几年，有一次我去看他，就感觉到他思维跳跃不连贯，前言不搭后语，语音含糊不清，显然是酒精中毒的症状。但你的病却毫无征兆，无法追溯缘由，因果链条是模糊难辨的。

你研究生读的是健康管理专业，却患上了一种人力无法掌控的疾病。这实在不可理喻，不啻是一个莫大的嘲讽。再没有比这更为残忍的玩笑了。

我无法构建出一段因果链条。

目光投向空冥

当一种现象无法给出日常的解释时，目光很容易会投向超验世界，寻求可能的答案。这正是宗教起步的恰当时机。

我这个年龄的人，共同拥有的观念之一，便是宗教是麻醉人的精神鸦片。但随着人生的展开，会越来越认识到，它有时是需要的，是暗夜行路时在前方晃动的一道光亮，是失足跌落深谷时试图拉住的一根树枝。

都说在几种宗教里，佛教对人生困境体悟最深刻，揭示最彻底，因此当情绪从几近崩溃中稍稍缓解，恢复到可以阅读时，我集中读了好几种佛学图书。过去虽然也陆续地读过，但浮光掠影。而且，旨在增进知识和修养，与试图获得解释和抚慰，动机不同的两种阅读，姿态和结果显然也不会一样。

对广大的民间佛教信奉者，最具感召力的当是因果报应说。今生的祸福，取决于前世的修为，因此要诸恶莫做，诸善奉行。大字不识几个的乡村老奶奶，对这一点都能说道几句。但另一方面,果报链条的断裂也随处可见,"杀人放火金腰带,修桥补路无尸骸",同样也是天地间广泛存在的现实。因此,让这一种观念盘踞于自己的意识深处,对我来说实在是一件困难的事。如果一个人正念正行,不应该是为了给自己的未来购买一张入场券,而不过是一种发自内心深处的价值追求。

佛学让我看重,更多由于它的无常观念。"诸行无常",接受起来毫无障碍,没有任何困惑。季节轮转,沧海桑田,是大自然的无常;红颜凋零,白发暗生,是人生的无常。古典戏曲《桃花扇》里的感叹,"眼看他起朱楼,眼看他宴宾客,眼看他楼塌了",是长时段内的无常;灾难在毫无征兆中骤然降临,是突发的无常。几天前还在一起吃饭的朋友,心脏病猝发死去,此后只能追忆;一对夫妇正在楼下走路,突然高处坠物砸中一个人,几分钟内彼此阴阳阻隔……无常有着众多的模样。你由健康无恙变为病入膏肓,也是无常的又一次显形。

但又是什么造成了这种无常呢?

佛教中相应的解释是缘起之说。相比于它所继承接纳的印度教中的轮回观念,缘起之说才是佛教真正的独创。它认为万千事物,一切现象,都是诸多因素的聚合所致。改变其中的任何一项,就会导致另外的结果。山林本无火,干燥的气候,干枯的草木,炽热的阳光,因缘生而成灾。制造一张桌子,要有意愿,要有木材,有锯子、锤子和钉子等,有一双使用这些工具和材料的手,有相应的动作,还要有众多其他因素,才能够最终完成。这样的思考方式烦琐细密，剥茧抽丝，但想来不无道理，因而颇有几分吸引我。

循着这样一种思路想下去，在一段不短的时间内，一个念头反复出现，并不断扩展放大，逐渐占据了意识的中心。这个念头就是：送你出国留学，是不是一个错误？

我多次自问，如果你不曾出国留学，是不是就不会遭逢这一场大劫？或者大学本科毕业后立即回国，就能够躲避开这样的凶险？我们为了你的美好前程而做出的决定，会不会反而成了夺命的根源？

我想到了一首名诗《未选择的路》——

> 黄色的树林里分出两条路，
> 可惜我不能同时去涉足，
> 我在那路口久久伫立，
> 我向着一条路极目望去，
> 直到它消失在丛林的深处。
>
> 但我却选了另外一条路，
> 它荒草萋萋，十分幽寂，
> 显得更诱人、更美丽，
> 虽然在这条小路上，
> 都很少留下旅人的足迹，

虽然那天清晨落叶满地,
两条路都未经脚印污染。

啊,留下一条路等改日再见!
但我知道路径延绵无尽头,
恐怕我难以再回返。
也许多少年后在某个地方,
我将轻声叹息把往事回顾,
一片树林里分出两条路,
而我选了人迹更少的一条,
因此走出了这迥异的旅途。

这首诗的作者,是二十世纪大受欢迎的美国桂冠诗人罗伯特·弗罗斯特。我一直十分喜爱这首诗,因为它既有生动清新的画面美感,更将读者引向一种形而上的思索,想到生活的众多选择,无处不在的不确定性,偶然因素对人生走向的巨大影响,让人感慨不已。但如今,它隐去了广阔的外延,只是像聚光灯一般,照射在你生病这一具体事件上。那种渺茫空蒙的美感也消失了,变为一种真切尖锐的刺痛。刺痛的原因,也在我的反复想象中,逐渐获得了确定性:出国。

医学对胶质瘤病因的解释,是遗传和环境共同作用的结果。对你来说,既然很难与遗传挂钩,那么就应该更多地考虑归因于外在环境。环境包括气候、饮食等因素,但它们都是存在于具体的空间里。你在国内,你去国外,就是处于两种不同的环境空间。

出国是你的个人生活中的大事件,是一个大的变量,由此又派生出若干小的变量,互相纠结缠绕。也许正是在那么长的时间中,那样不同的环境中,其中某一个或几个因素发挥了作用,经过复杂的变化过程,最终导致你患上此病?就像那个对"蝴蝶效应"理论所做的形象阐释:一只南美洲亚马孙河流域热带雨林中的蝴蝶,偶尔扇动几下翅膀,可以在两周之后引起美国得克萨斯州的一场龙卷风。

那么,沿着这样的逻辑,如果当年你没有出国留学,而是留在国内读书,也许就没有那几种因素,或者它们的组合不足以产生致病性,你的身体的运行会循着正常的轨道,基因不会变异,也就不会被病魔攫取?

这个念头有一种古怪的魅力,让我难以抑制地反复去想,因此曾经有一段时间,我几乎认定了它就是病因,并产生了强烈的自责感。

我也试图阻挡这个想法。正如上面那首诗中,诗人无法确定每一条岔路上会看到什么景观,我也无法确切地说出,可能导致产生疾病的这些因素是什么。无法预测从而避开。退一步讲,即使知道也没有用,认识是后一步的,是发生以后的追索,是事后诸葛亮,它于事无补。正如倾洒在地上的牛奶,不可能重新装回瓶子里。

由此出发，思路稍稍发生了偏移，指向了另一个方向：即使你一直在国内，也难说就进了保险箱。也许会有另外的说不清楚的因素，想不到的机缘，导致你遭遇某一种险境厄运？

我想起了一件事。几年前有一次与几位友人聚会，有一人说到，他故乡一个亲戚的孩子，高中成绩非常优异，可以保送进省城最好的大学，但他不甘心，考入了京城的名牌大学。没有人认为这样做不对。但就在大学一年级的第二个学期，放暑假前几天，他与人结伴去远郊区爬野长城，不小心从城堞坠下，颅脑受伤，昏迷几天后去世。父母悲痛欲绝，见人就说要是到省城就不会这样的。事实的确如此，但谁能预料得到呢？

这件事情本来可以用来说服自己，但也只是产生了短暂的安慰效果。因为你在国内遭遇危险，只是一种理论上的可能，而你在国外期间发病，却是一种真实的状况。可能和真实，或然和已然，还是大为不同。

向前进一步，然后向后退一步，接着再向前进一步。这正是我那个时期的思考的路线图式。仿佛在大脑里有两个人，针锋相对地辩论，各有输赢。于是，这样的思考，便变成了一种不可能有明确答案的狂想，成为一种自我折磨，而且归根结底并无实质意义。哪怕我循着这样玄虚的思路再想上一年、两年，恐怕也难以得出真正的答案，就像铁笼里的小白鼠，不停地转圈，也找不到出口。但问题是，明知这样做不对头，却掌控不了自己的思绪。

远在欧洲的小妹，也许是凭着一种直觉，意识到我陷入了思虑的死胡同，打来电话，劝说我不要动辄把原因向自己身上揽，说这样做会有一天把自己逼出问题。并且她用自己当年一度产后十分焦虑，对孩子的安全产生了病态的担忧，来说明特定情形下的极端想法，过后会觉得多么荒唐可笑。

弟弟也劝我放弃这样的念头。他说每一个生命都是自带种子，父母只是给了他一个肉身，其后的命运走向，顺逆祸福，都是按照种子里储存携带的信息密码运行，和给予者就没有关系了。他的这个说法其实也是来自佛教。但对我产生效果的还是具体的例子。他提到多年前刚参加工作时，他的一个同事的女友，正在武汉大学读研究生，忽然也得了这个病，最终不治。但她并没有出国啊。

是啊，这与出国不出国无关。每年出国留学的孩子有数十万，并没有几个人得上这样的病。年纪小也不成其为原因，身边一个朋友的儿子，才十三岁就出去了。即便是在情绪最哀伤、思维最混乱的时刻，我也察觉到了这个想法的古怪荒谬之处。

直到我看到一篇文章，才算是比较有效地阻止了这种乱想。

这篇论文由美国一所著名大学的数学家和癌症遗传学家联合撰写，发表在顶级学术期刊《科学》上。文章声称大数据分析显示，三分之二的癌症的发生原因，与通常认为的环境因素、生活方式和遗传因素无关，而不过是细胞分裂中 DNA 复制随机错误导致。很多人没有不良嗜好，不吸烟不饮酒，饮食科学合理，注意健身，按时睡眠，但仍然患上了癌症。这没有道理可讲，换句话说，只是运气不好。作者还特意提到，有几种癌症的概率更大，像骨癌和脑癌。文章写道，认可这种观点，或许会给予那些习惯于自责的人一些安慰。因为对于"上帝掷骰子"之类的事情，被选中者没有责任。

不难想象，文章发表后在科学界引发了广泛争议，质疑反驳的声音十分强烈。但对于我来说，众多的数据支撑并不重要，哪怕只有一例被证实是属于这种情况，就足以让自己获得一丝解脱感。这就是宿命。一个人跳楼，砸中了下面多位过路者中的一个，导致其脊椎断裂终身瘫痪，受害者除了悲叹和接受不幸的命运，还有什么可说的？这种不讲道理的偶然性，的确能够让人稍稍释然。

我想到了我十分喜爱的作家史铁生，他的思考成了厘清我的混乱思绪的另一个来源。在那篇著名的《我与地坛》中，他为自己的残疾困厄找到的解释是："上帝的戏剧中需要这样的角色。"上帝需要各种各样的角色，以便成就一场人间的演出。这些角色，有命运的骄子，自然也有命运的弃儿，有人一帆风顺，有人颠踬不已。就命运而言，休论公平。

那么，那个被厄运随机选择的倒霉的家伙，凭什么不能是你？逻辑上完全说得通。

再想下去毫无益处。那么，唯一应该做的，只能是面对和接受这个事实，全力治疗，力争最大程度地延长你的生命。

第二辑

挣 扎

无处躲藏

在等待手术的日子里,从科室主任到普通医生,好几个人都表达过同样的意思:手术后健康恢复情况如何,关键要看切除的东西的性质。如果并非良性的,即便手术成功,也不意味着一劳永逸。它会不断复发,要有心理准备。身处当时那种为手术前景而忐忑不安的情境中,妈妈和我对这句话并没有特别的印象。

真正理解它的含义,是在手术后。

手术本身应该说是很成功,在维持神经基本功能的前提下,对肿瘤做了最大程度的切除,手术过程中没有出现签字时提到的各种危险情况,连杨主任都说超出事先预计。术后情况也不错,能够自主呼吸,心跳血压平稳,出血量、水肿程度都在正常范围内,没有出现感染。你在重症监护室只待了一个晚上,第二天下午就回到了病房。

手术后第一天,你意识恢复清醒,能配合医生指令,做出简单的肢体动作。第二天,能够喝一点水和稀粥了,能含糊地说出

挣扎

几个词。第四天，睡眠减少了，视力大有进步，能看见眼前有蚊子在飞，胳膊和腿都有点儿劲了。第五天，能起身在床上坐半个小时，能自己刷牙了，能被搀扶着上厕所坐马桶了。第七天，连续多日的低烧消退了，脸部浮肿减轻了，口齿更清楚，胃口也好，吃了不少东西。第九天，坐姿更轻松自如，拔掉手术时埋在头上的引流管了……

妈妈不断报告好消息，用手机拍了照片发过来。

我看到你大半个头被白纱布缠裹着，嘴唇上结了一层痂，左眼周边明显浮肿，脸也有些虚胖。我看到你穿着蓝白相间的条纹病号服，站在窗边朝外面眺望。我看到你走出病房，扶着安装在墙壁上的栏杆向前走了几步。每张照片上你都微笑着，你该是相信自己已经闯过了鬼门关。这让原本极度悲观的我也生出了莫大的希望，眼前的一片浓云惨雾中，似乎闪现出一缕亮色。

但这一株希望之苗，刚刚萌生即告夭折。仅仅十多天后，你的病情又急剧反转，让人猝不及防。

你头痛加剧，只能靠吃止痛片镇痛，一天多次。刚恢复几天的一点儿精气神又消失了，昏昏沉沉。大便努力用劲也解下不来，用了开塞露，妈妈用手抠，才勉强拉出一些。小便就更是大问题。你说要尿了，妈妈赶紧拿尿盆接着，等了半天又说没有。但刚刚躺下就尿了，睡裤和床单都湿了，只能赶紧给你清洗，换上新的睡裤床单。这种情况反复出现，有时一个小时内就两三次，夜里更是几乎不能合眼。妈妈电话里多次说要崩溃了。这样的话由一向耐心能吃苦的她说出来，显然极不寻常。你也难过委屈，哭了好几次。这的确不是你能控制的。

这是怎么回事？做完手术仅仅半个月啊。

头部 CT 显示，手术后因脑脊液循环障碍，产生了继发性脑积水，造成脑室扩张，颅压升高，挤压中枢神经，导致出现种种症状。需要做脑室腹腔分流术，通过在颅骨上钻孔，分别给脑室和腹腔里植入直径一两毫米的分流管，经分流阀门控制，将脑室内过多的脑脊液引到腹腔部排除掉。

于是在六月三日早晨，开颅手术整整半个月后，你又一次被推进了手术室，中午才出来。你浑身发抖，但神志清醒，看见我们，连着说了好几声我冷，又说想喝水。妈妈掀开被子，你的肚子上有两个创口，用厚厚的白纱布缠裹着，隐隐渗出血迹。我们又一次泪眼相对，五内俱焚。

从当天晚上做的术后 CT 看，膨大的脑室明显缩小，表明脑积水排掉了不少。颅内压降低了，你的头痛也减轻了一些，新添加的是下腹部的伤口疼。神情又开始活泛一些，尿失禁有所改善。开颅手术后健康渐次恢复的情景，又在几天中一幕幕地重演。

一周后，医生说可以办理出院了，接下来要尽快准备做放化疗。

赶在你的二十八岁生日前两天，你出院了。姨妈家的哥哥嫂嫂，特意开了他们的七座车来接你，把你扶上车，送你回到家里，已经将近傍晚了。车厢内空间宽敞，方便你斜躺下。头一天，他们就专门请了假，过来清理打扫你的卧室，取下空调滤网清洗干净，怕你磕了碰了，又给床帮及家具边角安上了厚厚的软胶条。你从小与哥哥一起长大，亲兄妹一样。

离开一个多月后回到家里，你明显地兴奋，当夜一直睡不着，快到天亮才合眼。第二天起床后，你让我扶着你走到窗边，望了一会儿远处，又脚步缓慢地挪到过道里，看看你自己的书柜里的书，最后来到客厅里，看几只猫嬉戏，伸出手摩挲它们的脑袋，脸上露出开心的笑容。

但到了下午，你又说头痛，浑身不舒服，只好又躺下。晚上，我自告奋勇守着你，让已经陪你住了四十多天院的妈妈休息一下。你身穿半袖白色睡衣，淡紫碎花的睡裤，侧身朝着墙壁方向。我坐在靠窗的沙发上，十分疲倦，困意逐渐袭来。似睡非睡的朦胧中，我听到了一种轻微的声音，摸黑走到床边，原来是你在呕吐，身体同时也在抖动。看了一下时间，是三点多。我赶紧用面巾纸将吐出的东西捏走，用毛巾擦拭干净你的嘴边和脖子周围。后来你又吐了两次，每一次都伴随着抽搐。

我们手足无措，不知道该怎样应对，一大早就给杨主任打电话讲了情况，电话那端口气很干脆，让赶紧返回医院。于是叫了急救车，将你拉回了医院，直接回到神经外科病房，距你离开这里还不到两天。

这时候，妈妈说她才明白了，为什么前两天杨主任说可以先回家，不着急办出院手续，可以给你保留几天病床。肯定是他预计到了还会出现情况。

医生给你注射了降低颅压的甘露醇，又调节了头部引流管上的分流阀门，呕吐控制住了，我们稍微松了一口气。妈妈留下来继续陪你住院。她在那天的笔记中写着："回家一共才三十多个小时，变化太大了，视力、语言、身体动作全面下滑！心碎了！"

这一天是你的生日。我刚刚从医院回到家里，就收到一份生日蛋糕，是表哥表嫂电话订制的，让快递小哥赶在中午之前送到。我把它放进冰箱，盼望着过一两天也许你病情好转，还能回来，到那时候再吃。

但这只是一厢情愿。

回到医院的当天夜里，你又尿湿了床单褥子，刚刚好转了没几天。接下来的几天，一幕幕让我们最不想看到的情况，以加速度的方式出现：视力又退化了；反复地喊头痛；吞咽变得困难；左半边肢体动作迟缓，左边嘴角也变得歪斜；神志有时不清楚，说出的话有些费解；又坠入了长时间的昏睡，叫你拍你都醒不来。

每一个场景都曾经经历，每一次过程都是重演。但与几天前不同，这次的变化是朝着相反的方向。是什么让反转连续不断？上天折磨世间生灵的游戏，是这样的玩法吗？

回到医院当天，马上就又去做了CT，显示脑室比一周前做的那次又增大了。因CT无法清楚看到肿瘤生长的情况，于是在几天后，又做了一次增强型核磁检查，影像显示，右脑室又出现肿瘤了，丘脑上显示也有，脑室间的通道快被脑积水堵塞了。

医生也说没想到发展得这么疯狂，出乎意料。情况很不好，发展下去极可能出现脑疝，危及生命。当前唯一的选择，是再做一次侧脑室腹腔分流，新埋一根导流管进行疏通。事不宜迟，医生会诊后决定当天就做。手术排到了夜里，外科大楼楼门关闭，我们都没有办法到手术室外边等待。你术后回到病房时，已经是十一点多了。

这是一种什么样的节奏啊，让人恐惧和窒息：开颅大手术后，仅仅过了半个月，便是第一次分流手术；而第二次分流手术，也只是隔了二十多天……不到四十天里，你的脑袋被反复地切开又缝上，伴随着出血、发烧和肿痛，种种的折磨蹂躏。病魔盯紧了你，不肯停下追逐的脚步，不让你有片刻的喘息。

几十年前唐山大地震时，我正在上小学。为了防备余震，改在学校旁边的树林里上课。有一天课间休息时，一个同学投石块打树上的知了，石块被树干弹回，砸破了我的头，流了一脸的血，去医院缝了几针。好几天中，我疼痛难忍，恐惧不安。你如今头上的手术创口和那时相比，就已经是天上地下的区别，且不说全身各处的疼痛，且不论这种病的性质。那么，你所受的又该是怎样的煎熬？我不敢想下去。

那些日子里，我做过一个梦。

我在旷野里被一个人追赶。好像是小时候常去的姥姥家村外的地里,时间是深秋或冬天,因为到处光秃秃的,无遮无掩。我趴在土坎下面,躲在树干后面,但总是被发现,只能再跑。一边拼命跑,一边还在念叨,要是夏天就好了,可以躲进庄稼地里。前面出现了一个机井房,我跑进去关上门,心想终于逃脱了,立刻感到一阵轻松。但忽然一声巨响,一发炮弹落在外面,伴随着一声狂笑:看你还往哪里躲!

我猛地惊醒了,心怦怦乱跳。

客厅里传来一阵乱响。原来是一只猫跳上了餐桌,碰倒了我的双层玻璃保温杯,滚落到地上摔碎了。刚才睡梦中的那声巨响就是玻璃杯破碎的声音。猫被自己闯的祸吓着了,在桌椅沙发之间乱蹿,噼里啪啦响成一片。这几天我没有心思按时给它们喂食,它们饿坏了,到处找吃的。

红灯闪亮:"工作中"

第一次开颅手术后,妈妈在医院陪床,我则开始忙着联系下一步放化疗的事情。

医生不止一次地讲,对于这种病来说,手术成功也只是完成了四分之一,其后要进行放疗化疗等综合治疗。医生建议,放化疗时,最好换一家专业经验更为丰富的医院。

面对亲人重病,一个人往往容易失去现实感。

一开始,我们就打听比普通放疗更先进的技术,了解到有一种质子重离子治疗,是当前最为领先的手段。北京南边不远的河北涿州,新建了一家质子治疗中心,该中心的主任是从北京一家大医院放射科过去的。我设法联系上了主任,赶到他所住小区的大门外,在烈日暴晒下,给他看你的核磁片子。上海有一家质子重离子肿瘤医院,建立几年了,技术更成熟,经验也更丰富,你叔叔家在上海,我也让他去打听一下。但后来了解到,质子重离子治疗对清晰可见的单体瘤更为有效,并不适合你这种病灶呈弥漫性分布的情况，只好作罢，确定还是采用通常的放疗方式。

我先后去了天坛医院、北京大学肿瘤医院、北京右安门医院等几家医院联系。医生都说他们无法接受住院，只能来门诊放疗，我说没有问题。我设想，开车送你到医院，找个最近的位置停下车，再走到放疗室，大不了把你放在轮椅上推过去。这不应该很困难。

但我显然还是低估了你的病情。

事到如今，已经别无选择。按照要求，为了取得好的放疗效果，开始放疗的时间最迟不应晚于手术后一个月。你做完手术已经一个月，而你的糟糕的身体情况，也让去别的医院放疗的设想完全落空，只能尽快在做手术的医院进行放疗，于是便转到放疗科病房住下。

关于放疗方案，我们也花了不少工夫去了解。

手术后，一收到基因检测报告，我就带着手术前后的核磁和CT片子，来到一家知名的海外医疗咨询机构，委托他们联系一家有合作关系的美国著名癌症治疗中心，请对方提供可供参考的放疗方案。但事实上，这并没有给我们带来期望的效果。看了美国同行提供的建议，医院的放疗科主治医生说，和我们拟定的方案几乎一模一样。针对这样的病，世界各国采取的都是标准化的治疗措施，美国医生也并没有更新更好的办法。

放疗开始了，那一段日子刻骨铭心。

疗程共一个半月，共计放疗三十次。除了周末两天休息外，每天一次。那些天中，你住的那间病房里，病友走马灯似的换来换去，大多数都是几天就走，甚至一两天，只有你是常驻。别人基本上都能自己走着去放疗室，或者由家人搀扶着，顶多是坐轮椅，而你每一次都是躺在病床上被推去。

三十次放疗中，一个个画面，成为生命中惨痛的记忆。

从六月下旬到八月上旬，是北京最热的季节。放疗患者不少，你的时间被排在下午一点钟。每天，我最迟要在十二点半之前，赶到十多公里外的医院。医院位于老城区，街道狭窄，两旁居民楼密布，人流车流非常大，找到一个停车位极为困难。大多数情况下，我都停在一千米之外的一处商务大厦停车场里，有时更远，停在北四环的路边车位上，再步行走到医院。我要留出富余的时间。

但事实上，多数日子我都到得更早，差不多十二点就进入医院了。与其在家里忐忑不安，百无聊赖，我宁愿到医院等待，那样似乎更踏实一些。门诊楼大厅过道里有空调，一侧摆放了几排座位，但几乎没看到过有空位，大多数日子我都坐在后面外科楼外靠墙的排椅上，但因为疫情防控，要求隔开坐，也不是总有位子。好不容易坐下了，又要忍受阳光的暴晒。灼热的阳光照下来，前胸后背很快都湿透了，内心却是一片冰凉。

眼前总是有那么多人，头戴小花帽的手术医生，一身白衣白裤的护士，穿着宽松蓝色工服的护工，不同年龄各地口音的病人家属，走来走去，川流不息。这所医院的运动创伤康复很有名，经常会看到运动员模样的小伙和姑娘，胳膊上或腿上缠着绷带，或者自己拄着拐杖一瘸一拐地慢慢走动，或者坐在轮椅上被同样年轻的伙伴推着走过。想到他们只需忍受短时期的不便，不用有更多担心，我就有一种强烈的羡慕。

疫情期间，管控措施异常严格，一些规定甚至有些荒谬。病房楼门口有人把守，我们不能上楼，陪护的妈妈也不能下楼，只能由专门负责推病床的护工推到大楼门口外，我们迎上去，再一同去放疗室。因为推床护工人手不够，很多时候整个过程都是由病人家属来完成，有时是我与你的闺密好友，有时姨妈姨父、姑姑姑夫也来帮忙。

妈妈每次都把头探出二楼的窗户，用手机拍下我们推着病床的场面。俯瞰的镜头下，我们的身影都很渺小。总是有一个人打着伞，尽可能遮住炽烈的阳光，避免直射到你头上，同时再给你脸上盖上一片纱巾。有几次正赶上大雨，只好在连接住院楼和门诊楼的狭窄走廊里拐来拐去，上楼下楼，换好几次电梯才能到达。

去放疗室，要走过内科楼和门诊楼之间的空地，再穿过门诊楼长长的通道，坐电梯到地下二层。总是有那么多的人，经常是电梯走了好几趟都进不去。每个人都步态匆匆，满腹心事，很少会注意别人，但你是一个例外。因为躺在病床上被推着的并不很多，尤其你是那样年轻，因此不少人经过时扭头看你，目光里带着一种惊讶和怜悯。而这种目光随后也很自然地移到我身上，看

挣扎　061

看这个倒霉的家属是谁。

我有一种特别羞愧的感觉。是的,羞愧,这个词最接近我当时的感受。我是一个无能的父亲,没有办法阻止病魔的脚步,对自己的孩子饱受其蹂躏毫无办法。我听到自己内心里一个声音在说,现在所做的这一切,没有什么用处,不过是一种自我安慰、做做样子而已。

走进地下二层的放疗室,立刻就有一阵阴凉感迎面袭来。这里也有一条走廊,两边各有几间治疗室,宽大厚重的防辐射铅门紧闭,上方墙壁上,几个红色的字"工作中"在闪亮。走廊两旁各有一排长椅,坐满了等待治疗的病人,都是得了各种恶性肿瘤的不幸者。不大的空间里,弥漫着一种混合了愁苦和无奈的压抑气氛。通常都很安静,有几天有一位瘦高个头的老人来治疗,每隔几分钟就要悲叹一声,音调拖得很长,陪同前来的女儿小声劝阻他,悄悄地抹泪。

和在上面时的羞愧感有所不同,在这里很自然地会有一种同病相怜之感。但我更常体验到的,其实更近似于一种委屈感。这么多病人,只有你最年轻,也只有你是躺在病床上被推着来的。凭什么你要得上这么严重的病,哪怕换一种别的病也要好一些啊,只要不是这样致命。这太不公平。

铅门上方闪烁的红灯熄灭了,铅门缓缓地滑向一边,一个人慢慢地走出来。广播里叫到了你的名字。我们将病床推进去,推到治疗台旁,与它并在一起,转动病床的摇柄,将高度升到和治疗台一致，然后几个人一同用力，用床单兜着你，抬起来平移到台子上。这间屋子里气温很低，我们给你盖上毛巾被，技师将束缚带绑在你身上，扣上面罩，固定好体位。

我们在操作人员的催促中快步走出去，厚重的铅门在身后悄然关闭，上方"工作中"的红字又一次亮起。放疗时间很短，通常每次只有五分钟左右。这个时间里，我全神贯注，想象着一道明亮灼眼的光线从一个类似枪口一样的地方进射出来，照着你的病灶部分，想象着那些癌细胞被烧灼、杀死、熔化，一层层地脱落。我当然清楚真实的情形并非如此，但这种儿童般的想象却能带来一点安慰。等到红灯熄灭，铅门打开，我们再走进去，按照相反的程序，将你抬回到病床上。

几位年轻的男女技师，面无表情，沉默寡言，动作熟练而机械。他们每天都要治疗许多病人，见惯了痛苦，早就应该麻木了。但从他们的言语动作中表现出的耐心细致，还是能够觉察到对你的格外怜悯。而你在这种场合的表现，也是令人称道，每次结束放疗时，都会向技师说一声谢谢。这是你一贯的风格，也因此到处被人称赞懂礼貌。

后来我才知道，那一个半月，其实还是你整个患病期间状态最好的时候。你脸部不再歪斜，头不痛了，胃口也不错，左侧半边身体能够做出基本的动作。康复科医生来指导你做肢体训练，你配合得很好。你与妈妈交流，用手机电话和微信语音与同学好友聊天，头脑清晰，思维敏捷，语言流畅，可见放疗的确起了作用，抑制了肿瘤的发展。

你罹患的绝症，在我心中催生出了一连串此前完全陌生的情绪。觉得自己过去对你关心、和你交流不够，揣测你得病或许与某些方面我们没有做好有关，意识到死神的脚步声随时可能响起……这些交织着愧疚、自责、恐惧的感觉，在那些日子里，一次次地在胸间缭绕，让我怀着一种弥补的心情，急于对你表达什么。一次，在与妈妈通话问过病情之后，我让她把电话递给你。我对你说：女儿，爸爸爱你。

电话里马上传回来一个清晰的声音：老爸，我也爱你。

八月十三日，你完成了最后一次放疗。几天后，做了一次加强型核磁扫描，以便了解放疗的效果。检查结果让人鼓舞，神经外科和放疗科的几位医生都说效果很好。影像显示，原来明显的肿瘤部位，大的完全消失了，小的中间已经坏死，外面边缘部分还有少量残存，要通过继续服用几个周期的化疗药来治疗。

几乎绝望了的内心，又一次蠢蠢欲动。奇迹会出现吗？

医生说过，网上也这么说，这个病的复发率极高，几乎是百分之百，复发时间因人而异，从几个月到一两年都有。但说不定，你会是一个例外？

滚落的石头

我们把面积最大、阳光充足的主卧清扫干净，将几件家具挪到别的房间，腾出更多的空间，迎接你出院回家。你将住在这间屋子里。

我们请了一个护工住家照料你。妈妈陪同住院一百多天，实在太累了，而且护理重病患者也很有讲究，在医院里还可以得到医生护士的帮忙指点，在家里没办法，必须要有具备专业照看经验的人。妈妈与护工阿姨一起，时刻围着病床转，我则主要做外围的事情，买菜做饭，还要经常去采购消耗量很大的卫生护理用品等。三个人完全以你为中心，每天都忙个不停。

作为人体"司令部"的大脑得病，常常比身体其他部位出了问题更惨。

手术后，你的视力得到恢复，但因为对应大脑中病灶部位的左侧身体运动神经严重受损，不久后你就被击倒在床上，半边身体瘫痪，左胳膊紧紧贴在左肋上，因为肌张力过高，左手掌蜷曲着无法张开。你只能仰面平躺着,感觉累了,想侧身换个姿势,都要靠人协助。由于皮肤瘙痒,你只能费力地伸出还算正常的右手去抓挠,但稍远的地方却够不到。妈妈告诉我,在医院时你对她说过,那种皮肤奇痒的滋味有多么难受。

仅仅是从床上起身,就是一场搏斗。

护工阿姨跪在床上,弯腰将一条宽边带子捆在你的背后,再绕到自己身后,打上一个结,然后双手撑着你的腋窝,慢慢起身,半扶半拉地让你坐起来。妈妈及时地把一个腰背支撑架,塞到你的后背和床帮之间,再给脖颈后面垫上一个枕头。然后,又将一张可折叠的小饭桌放到你面前,开始喂水或喂饭。整个动作做下来颇为费力,虽然开着空调,但每个人都是一身汗。

这一幕情景,让我不由得想到婴儿时的你。你用力抬头,翻身,脸憋得通红,四肢乱蹬乱踢,有时把小身体盘成一团,两手抱着一只脚丫放到嘴里啃。但这种联想只能让我伤心。那时,是一个健康的小生命在成长,每一天都在进步,而现在,疾病粗暴残忍地践踏你剥夺你,而下一步很可能更坏。

每一天都是由高度程式化的安排来构成。多种口服药,多久服用一次,服用多大剂量,都写在一张纸上,用胶条贴在床头柜上方墙面上。一个小时就要翻转一次身体,避免背部臀部皮肤长期受压,导致血液不流通产生褥疮。你的咀嚼吞咽功能都受到了损害,因此饮食的构成和进食的次数,都有不少限制。大小便都要排在成人尿垫里,一天要换好几次,用量很大,因此每隔几天，我就要去一次商场，买回来几大包。

这样的每一天，既漫长又短促。

回家一段时间后，又请了附近一家三甲医院康复科的医师，每周上门几次，给你进行肢体康复训练。你从最简单的动作做起，举胳膊，伸腿，抬臀，伸出左手去抓取放在床边小方凳上的面巾纸。几天后，再扶着你起身坐在床沿上，让你把双手搭在一把椅子的靠背上，靠自己的力气慢慢站起来。情况最好的几天，在你站立的时候，让你两腿并拢，试着夹住一本书。这些简单到家的动作，你做得艰难而费力，不一会儿就身体摇晃，双腿颤抖，脸上渗出汗水，无法再坚持下去，只能停止。这样的训练，每一次都要花上两个来小时。

每过几天，就推你到客厅里来一下。坐到轮椅上，就更是艰难。在你完成了起身坐在床沿上的动作后，阿姨抱着你向前拽，妈妈托着你的屁股，我抬起你的腿，互相配合着，放到轮椅座位上，把失去知觉的左脚在可调节脚托上放平，以免被绞进车轮里，然后才慢慢推到客厅里，最远推到阳台旁边。

三只猫感到新鲜，挨个走过来嗅你的脚，讨好地打滚，还试图跳到你的腿上。要是在过去，你会抱起来逗弄爱抚一番，但你如今表情淡漠，顶多浮出一丝很清淡的笑意。

这种时候，眼前不由自主地叠印上你健康时的样子。你身体挺直大步走路的样子，你在跑步机上双腿快速交替行走的样子，你仰卧在平板上用力举起哑铃的样子。脑子里的一团异物，让你

挣扎 067

的今天和过去,有天壤之别。

对妈妈来说,比起此前陪同你住院期间的诸多不方便,在自己家里当然要好得多了。但我的难受感却成倍增加,因为由原来的间接参与,变成了一个在场者,亲眼看见了你饱受折磨的痛苦,病魔的险恶成为一种具有强烈质感的真实的存在。妈妈和护工阿姨前后左右地忙活,很多事情我帮不上忙,能搭上手的动作也经常是笨拙僵硬。我心里骂自己无用。

住院时与放疗同步实施的化疗,在家里继续进行,服用替莫唑胺等化疗药。先服用止吐药,再将白色药片捣成粉末,用苹果汁调匀吃下去。每次下咽的时候,你的表情都十分痛苦,而随之而来的恶心、呕吐、淌口水和极度疲惫,更让我们仿佛心被揪了一样疼痛。

化疗是一把双刃剑,副作用明显,在杀灭肿瘤的同时,对身体的正常细胞也有很大的损伤,可谓是杀敌一千自损八百。每一个疗程中,先要连续服药五天,然后间隔二十三天,接下来就又进入下一个疗程。整个患病期间,你一共进行了八个疗程的化疗。

每一次化疗后,你的表情都会变得淡漠,长时间陷入嗜睡。清醒的时候,你自己也问过:妈妈,我怎么这么困啊?眼睛都睁不开。个别时候,认知功能也出现问题,姑姑来看你,坐在床边对你说了一会儿话,等她回到客厅里,我进屋问你刚才谁来了,你却说不记得了。一位要好的同学来看过你刚走,我问你她是谁，你说出的却是另一个同学的名字。

妈妈对这种变化感觉尤其强烈，因为她有比较。陪同你住院放疗的几十天中，你的精神状态明显好得多，思维清晰，反应灵敏，语言能力不受影响，放疗的确起到了抑制肿瘤生长的作用。因此，和那时相比，她的焦虑中有一种越来越恐惧和绝望的成分。

有过好几次，我短暂地产生过一种奇怪的感觉。眼前的你，不是那个过去熟悉的女儿，准确地说，不是那个因为生病而变了一个样子的你，而成了一个不熟悉的人，来路不明，身世模糊。

每隔一两个星期，就要联系网约护士上门，为你抽血检测血象，再根据指标情况咨询医生，调整用药。化疗使你的血管变细了，有时一连扎上四五针，才能找到血管，抽出一管血，你一声不吭地配合着。

但更困难的，还是按医嘱去医院复查CT。我们三个人无法完成，事先要联系亲戚朋友，看谁那天能来帮忙，再联系好一辆空间宽敞的车子，那样才能将轮椅放进去并放平。还要提前一天去门诊挂号预约，有时还需要做核酸检测。到了那一天，几个人分工合作，将你搬上轮椅抬进车里，到了医院后，推着轮椅穿过候诊大厅里拥挤的人流，直到抬上CT机检查床台。做完检查后，这个流程再重复来一遍，最后一个动作是把你放回家里的床上。

然而，你的病情进展迅速，快得让人喘不过气来。

九月下旬，回家后仅仅四十多天，你的表情就又变得更加淡漠，嗜睡更加明显，嘴角时常淌出口水，目光偶尔难以对焦，床褥多次被尿湿。又去医院做了一次 CT 检查，图像显示，脑中线偏移程度比不久前的一次复查明显了很多，脑室中又有了大片的积水。你的那些症状都是积水压迫颅脑的表现，而直接的原因是肿瘤有所发展，同时原来埋设的一根引流管也产生了堵塞。

别无选择，只能又做了第三次埋管分流手术，在右侧侧脑室额角旁置入了一根新的引流管。术后仅仅四个月，就做了三次这样的手术了。每一次都要全身麻醉，用颅钻在头部钻孔，将引流管穿刺到脑室中。单单听起来就一阵痉挛，而你却必须要忍受。

但更为糟糕的是，这第三次分流手术带来的症状好转，也并没有能够持续多长时间。

过了不到一个月，到了十月下旬，你的症状更加明显，再一次回到医院做核磁检查，显示原来的肿瘤区域又有很大的团块，占据了脑室中不小的空间，脑中线被挤压到一侧。这样的发展速度，让见多识广的杨主任都感到出乎意料。

杨主任说，考虑到病情的严重程度，只能尽快再做一次开颅手术摘除肿瘤，争取一些继续治疗的时间。这也是最后的手术机会了。不敢说手术后会怎样，但不做肯定不行，生命很快就会走到终点，请你们认真考虑。此前，他一直都是给我们打气，多次举出生存期超出预期的病例，让我们不要轻易绝望，有些事情谁也说不清。但这一次他的口气变化这样明显，显然是病情到了极其严重的地步。

没有什么比延长你的生命更重要。想到第二次开颅大手术会再一次给你带来剧烈痛苦，心中如同一把刀子在剜，但相比之下，死神的面貌要更为狰狞可恶。因此，考虑的时间并不长，就做出了决定。

与上次手术不同的是，因为危险性进一步增高，这次的术前签字，改在了医院医疗管理部门的一间会议室内，除了两位医生，还有一位行政人员参加。安装在斜上方墙壁上的摄像机镜头，录下了风险告知和签字的过程。

几天后，你又一次被推进了手术室。这一次，杨主任也请到了一位顶尖级的神经外科专家，两人一同主刀。肿瘤比第一次切除得更为彻底，影像中原来那一大块灰白色的东西消失了，变成了一个空洞。从外科手术的角度看，也是十分成功。但如今我们已经有了对这个病的充分认识，很清楚那些几乎看不见的残余癌细胞，依然会卷土重来，疯狂生长，只能祈祷它们来得慢一些。

但即便是这样的愿望，也还是很快破灭了。

还没有来得及松口气，新的状况又出现了。仅仅几天后，你还住在重症监护室观察时，因为手术后遗症，导致肺部出现严重感染，高烧四十度，使用冰毯降温也没有效果；嗓子里有浓痰，呼吸粗重，发出一种水泡般的声音；X光显示肺部积液过多，肺部不张，注射抗生素不管用，经过口部插管到肺部吸痰也无法缓解。医生会诊后告知说，如果不解决这个问题，肺部感染将会引发脑水肿，几天前的开颅手术等于白做了。而解决之道只有一条，就是必须切开气管。

切开气管——这几个字就让人内心战栗，惊恐不安。

一年多前，你爷爷因为突发脑出血，意识昏迷，长期卧床导致肺部感染，转入重症监护室救治半个月仍然没有好转，医生说只能考虑切开气管了。我与你姑姑叔叔商量后，决定保守治疗，不切气管，与其延长有限的时日却毫无尊严地活着，宁可少受几天罪。但爷爷已经八十六岁了，而你还这么年轻。与此前几天面对开颅手术一样，在受苦和保命之间，我们还是选择了后者，并没有过多的犹豫。

女儿，你不会埋怨我们吧。

这几次手术，发生在一段不长的时间里。你发高烧了，不停地抽搐；血象不正常了，皮肤生出紫斑……大多数日子里，每天都有新的状况出现，护工阿姨随时报告给我们。你受够了苦难，我们也没有一刻安宁，一颗心始终紧绷着。无法探视，只能通过护工阿姨的手机与你视频，看到你痛苦挣扎的样子。

从第一次手术到现在，不到半年的时间，仿佛是一部情节高度紧张的灾难片，噩梦一个接着一个，过山车一样的节奏，让人时刻揪着心，气都喘不过来。但在历经千难万险后，影片的主人公大都会迎来一个美好的结局，而你会有这种可能吗？

我想到了那个古希腊神话。西西弗斯因为触怒了众神，被处罚推一块巨石上山。因为石头沉重，山坡倾斜，每次推到山顶后就会滚落下来,于是他又得从头开始。如此往复循环,无休无止。

我们所做的,正是这样的事情。

看不见的黑洞

痛苦也在不停地变幻着面孔。它仿佛一个虐待狂,以戏弄受难者为乐事,变着法子折磨自己的猎物,给已经血迹斑斑的伤口上,撒上各种形状质地的盐粒。

两三个月后,苦难的感觉转化成了另外的形态,从最初的那种类似癫狂般的失魂落魄,变为一种深沉的悲哀,无可奈何的沮丧。

回到北医三院做第二次开颅手术,气管切开,插上胃管,术后治疗,再转院去海军总医院……一个多月的时间,你一直住院,我们无法陪床,也难以探视,但内心的焦灼丝毫未减,牵挂着病榻上的你,猜想着今天会不会又出现什么情况,什么事情也做不下去。

一种从来没有过的绝望感,牢牢攫取了我们。

到你生病之前为止,我们的生活之路可以说一直颇为平顺,即便碰到过棘手的事情,糟糕的局面,不快的心境,但总会想出解决办法，或者随着时间的流逝自然地消解了。这些都让我们对生活保持了一种乐观的态度。

但这次完全不同。这种疾病的凶险，让一切努力都将化为泡影。此前，一个亲戚的儿子因小儿麻痹后遗症，肌肉萎缩，行走困难，一位友人的女儿长期患抑郁症，自我封闭，懒散消沉，都曾让我们十分同情怜悯，设想过得病的如果是自己的孩子，该有多么糟心，但如今，相比之下，这些病都似乎变得可以忍受，你才是最深重苦难的承受者。为什么厄运来得这样突兀和极端？老年丧子，人生三大悲哀之一，即将降临在我们身上。为什么你连带着我们，要遭受这样残酷的惩罚？

也是到了今天，才算明白了这句话：生死之外无大事。

这一场劫难，让我们真切地认识到了医学的局限。科技发展到今天，堪称已经高度发达，宇宙飞船载人遨游外太空，射电望远镜"天眼"探测百亿光年之外，深潜器探访万米深处的海底，超级计算机一秒钟运行几十亿次，互联网连通了全世界的每个角落，各种想都不敢想的事情，却分明成为现实。但为什么，技术能够创造出这些令人惊叹的奇迹，却无法阻止和消除脑子里一簇微小细胞的恶变，眼睁睁地看着它们吞噬生命？

看来，古代哲人的论说是对的，在大自然的叵测难解面前，人终归还是渺小、脆弱和无力。万物之灵，人定胜天，这样的说法不过是一种自我安慰，或者是小富即安式的沾沾自喜，或者是夜郎自大般的自我膨胀，终究脱不开无知和虚妄。

到了这个阶段，我的内心深处已经接受了那个冰冷的前景，知道它一定会来临，区别只在于早些晚些。不再是整夜无眠，能够断断续续地睡几个小时，但睡眠中总是感到被一种悲哀的情绪浸泡着，仿佛水草被水流冲击一样；又仿佛一个雾霾浓重的日子，每一个角落里都充斥着朦胧难辨的雾气。同时，梦中很少再有与病情相关的清晰情节，而成为一种情绪的间接折射。譬如有一次，我梦见自己在家乡的中学教室里，参加数学考试，马上就要到交卷时间了，但最后一道题无论如何也解不出来，在焦急和绝望中猛然醒来，窗外正是夜色深浓，如漆如墨。

你在家里时，为了镇静安神，也出于祈求护佑的念想，屋子里不停地播放着庄严轻柔的佛教音乐，"南无观世音菩萨"的吟诵不绝如缕。如今音乐也关掉了，一片静寂。寂静累积起来，就有了形状和体量，变成了一个要把人吞下去的黑洞。我与你妈妈彼此相望时，从对方眼神中，看到的都是深深的绝望。

我们试图互相安慰，彼此都搬出一些说法，劝对方想开一些。想来各自都抱同着一个信念，即助人也是自助，对方解脱了，对自己也是拯救。但因为对自己所说的并不是十分相信，底气不足，言不由衷，说着说着就露了马脚，心情不但没有改善，反而变得更为黯淡。这样，就更感觉到有一种逼迫感，从房间的四面八方生发出来，挤压过来。难以再待下去，直想逃离。

但又能去哪里？街上车辆川流不息，行人摩肩接踵，只会让心情更加纷乱，只好到公园走走。东边的紫竹院公园，西边昆玉河对面的玲珑公园,像它的名字一样袖珍,还有更远处的玉泉山下的中坞公园,都留下了我们的足迹。最远的一次,开车去了几十公里外深山中的潭柘寺。

这是一处佛教名寺,香火很盛,进香祈福的人络绎不绝。虽然我也明白,按照佛教原始教义的说法,救赎只能靠自身的觉悟,从来不假外求,但既然来了,也不妨上香祷告一番,总不会有什么坏处吧?于是也到几位菩萨的坐像前供香叩拜,默念神佛保佑你避灾去祸,离苦得乐。这在以往是从来没有过的。可见在某些极端的时刻和处境下,理性也并非像自己一向认为的那样坚如磐石。

又到了北京一年最好的季节。天色蔚蓝澄澈,空气干爽清洁,黄栌、银杏、元宝枫等观赏性树种的叶子也都开始变换颜色,望去一片金黄火红,风景美得难以名状。眼前身边都是秋游的人们,通常都是一家几口人,他们悠闲快乐的神情,却让我在某些时刻生出一种鲜明的隔膜感。我意识到了自己的狭隘,努力将类似的意念驱除掉。既然大自然美景也无法排遣积郁,只好又回到家里。

我开始用种种方式麻醉自己,仍然是为了让痛苦感减弱。

我在手机上断续地看了一些战争片和灾难片的片段。一方面是强情节吸引注意力,多少会分散一些焦虑;另一方面,影片中呈现出的死亡的普遍性,让我努力安慰自己,死亡并不稀罕,那么多优秀的人,那么多健康的生命,都被死神吞噬了。一场战役下来，多少年轻人陈尸荒野，白骨为蔓草萦系；一场海啸，让几分钟前还沉浸在度假的欢乐中的情侣，瞬间被巨浪吞没，死无葬身之地。那么，死神的黑色斗篷，凭什么就不会笼罩到你的头上？你的死亡，不过是换了一种方式。

但没有用。别人的不幸，并不能抵消掉自己的苦难。安慰偶或浮现，但只是短时的，转瞬即逝。

我想明白了，对于像自己这样的一介凡人，面对巨大的苦难，不是单凭意愿就能够超越的。或者说，那种能够在理性导引下摆脱的痛苦，不会具有真正的强度。那么，只有等待，让时间来做出安排。这是唯一的途径。

在此期间，多次接到外出采风的邀请，我一概推辞了，虽然有几个地方颇有吸引力，一直想找机会去。有一次，看到我魂不守舍的样子，你妈妈劝我干脆出去散散心，反正来去也就三五天的时间，你不应该有什么意外发生，护工阿姨也保证她会照料好你。我动了心，答应了主办方。但随着出发日期的临近，这件事情也成了焦虑的缘由，心神不定感日甚一日，临行前一天，找个借口让对方退掉了预订的车票。内心很惭愧，感觉对不住邀请的朋友，但我十分清楚，以自己当下的精神状态，即使硬撑着，整个行程中也会备感煎熬。

不难想象，在这种状态下，写文章会是更为艰难的事情。此前我答应过一个朋友，为他即将出版的新作写一篇序言，并且已经仔细读过全书，觉得有把握写出一篇内容饱满的评论，但现在却感觉脑子是木的，思绪无法纳入语言轨道，组织句子成了极其困难的事情，曾经列出的写作要点也变得陌生，只好请他另外找人作序，以免耽误。

一套自选作品集已经进入出版流程，一共三本，编辑希望我为每一本写一篇序言或者后记。呕心沥血的成果得到认可，对一位醉心写作者来说，自然是再高兴不过的事情，我也未能免俗。倘若是在过去，我会围绕这三本不同主题的书，认真酝酿构思，充分表达自己的写作动机和感悟，但此刻这件事却成为一重负担，我一拖再拖，直到交稿期限来临，才督促自己坐到电脑前。因为脑子里纷乱一团，难以聚拢起思考，勉强凑成一篇交差，而不是三篇。

我相信，处在我当时那样的处境中，一定会有人远比我冷静镇定，处乱不惊，情绪被意志力有效地掌控，从而能够使生活沿着正常轨道运行。但我做不到，我承认自己的无能和无力。性格方面的一些缺陷，像某些时刻表现出的犹豫懦弱等，过后都会让我感到羞愧悔恨，但如今面对自己这种左支右绌，我只有接受，不想辩解什么，更无力做任何抵抗。

还有一件事，是我停止写日志长达两个多月。

多年来我有个习惯，每天晚上就寝前，都会在本子上记下当日的经历，没有一天空缺过。出差或旅游时，不方便带着本子，我也会记在手机记事本上，回来后再抄录上去。经年累月，这样的本子已经有十几个。完全是起居录式的记法，上午开会，下午编稿,晚上读哪本书,今天去见了谁,后天与谁吃饭,周日看了什么电影,标准的流水账,因此通常十来分钟就写完。它谈不上是日记,因为按照我个人的理解,日记应该更多地记录心情、思考和感悟,刚进大学那阵子所写的大多数倒是如此,那正是心智像身体一样快速成长的年龄,不缺乏这类内容。但如今所记的只是一天的琐事,所以我自己将它称为日志,以与日记相区别,虽然辞典中对二者的释义并没有本质区别。初中时你因为好奇,偷偷翻看过一次,大失所望,一脸不屑地嘲笑我,说爸爸你记的什么呀。

尽管枯燥乏味,但做这件事情对我来说,一直是十分享受。我并没有仔细想过何以如此。为了日后查询?的确有过几次。譬如妈妈不记得某一次友人聚会的时间地点,只大略记得是在夏天,在朝阳区的某个地方。我翻开本子,很快就找出来了,年月日和餐馆名字具体准确。但这样的情况一年也没有一两次,并且清楚与否并不要紧,甚至完全忘记也没有关系。那么,仅仅是一种习惯?但唯独在这段时期,多年积习被打乱了。我心情烦乱地上床,根本不想去翻开本子。从八月中旬到整个九月,四十多天的时间,日志本里完全空白。

如今回想起来,却仿佛领悟到了什么。它之所以让我乐此不疲,该是因为其中寄寓了一种日常性、稳定性和秩序感,内化为潜意识,并由此派生出一种对时光及其他事物可以了解和掌控的感觉。而猝然而降的恶疾,却从根本上动摇乃至颠覆了这种观念。

日志本上的空白纸页，于是便成为一个象征或隐喻，指向一种无力，一种虚弱，一种深刻的挫败感。

抓住每一棵稻草

我们面对的,是一种最令人绝望的局面:很长时间内,胶质母细胞瘤的治疗没有明显进展。

这种病的标准治疗方案,是手术加上同步放化疗。手术无法根除,癌细胞不停地疯长,复发是早晚的事情;放疗的次数和剂量都有严格限制,超过了身体会受到严重损害;大脑中的血脑屏障,让药物难以有效地输送到肿瘤部位。且肿瘤本身不断产生抗药性,一种药品在开始的一段时间里有效,甚至还很明显,但不久后就会产生耐药性,效果急剧下降,只能尝试换成别的药。

但问题是并没有多少选择。

在治疗这种疾病上,美国遥遥领先。然而二十多年来,美国食品药品监督管理局(FDA)正式批准的药物,却寥寥无几。

一九九九年,替莫唑胺(TMZ)问世,它容易透过血脑屏障,能够抑制和延缓肿瘤生长,对症性强,疗效明确,被誉为"脑胶质瘤化疗的里程碑",成为治疗初发胶质母细胞瘤的一线药物。然而，这种作用却又是有限的，平均只能延长患者两个半月的生存期。而且，一旦肿瘤复发，就不再有效。此后，也再无专门的对症药问世。

其他的适用药物倒是有一些，像贝伐珠单抗、安罗替尼、西达本胺、洛莫司汀等，名称都很拗口，但基本上只是抑制癌组织血管生成，减轻脑水肿，治标不治本，且服用后多数都有明显的毒副作用。你在服用它们时也是如此，剧烈的不良反应，让我们内心纠结，反复考虑是否应该停掉。

药物之外，还有CAR-T、DC细胞、CIK细胞、PD-1、PD-L1等细胞免疫疗法，以及以毒攻毒的溶瘤病毒疗法等一系列方法，但整体上看，也只能起到一定程度的延缓效果。还有一些在小范围临床试验中效果不错，让人看到一缕曙光，不过在更大群体中开展试验时，却又无法获得足够的数据支持，研究因而停滞不前，甚至放弃。

但我们不愿意轻言放弃。像一个溺水者胡乱挥舞手臂，要抓住从身边漂过的随便一件东西——一块木板，一根树枝，甚至一棵稻草。

在维持常规化疗和各种辅助疗法的同时，我们使用了最前沿的肿瘤电场治疗。这是在替莫唑胺之后，美国食品药品监督管理局批准的唯一一项治疗胶质母细胞瘤的疗法，一种物理疗法。其原理是通过低强度、中频交流电场，作用于增殖癌细胞的微管蛋白，干扰肿瘤细胞的有丝分裂，增加那些受到影响的细胞的凋亡速度，从而抑制肿瘤的生长，据说能将患者寿命平均延长五个月。

五个月时间并不长，但对于这种恶疾，已经是了不起的进步了，因此被誉为划时代的抗癌技术，一种"科幻级"的重大成果，很快在一些西方发达国家投入临床治疗。就在你住院手术的那段时间，二〇二〇年五月份，中国国家药品监督管理局正式发文，批准这项技术在国内应用。我们可以说是最先使用者之一。

还在你住院放疗期间，就已经开始使用这种疗法了。我们不敢耽误一天时间。

头两次，引入这种疗法的医药公司派技师上门示范，因为疫情防控不允许进入病房，只好在你放疗结束后，在放疗科地下二层走廊尽头拐弯处的一个狭小空间中，演示整个操作过程。这也是北医三院引入这种疗法后的第一例，后来还写进了医院内部的动态简报。几位放疗科的医生和护士好奇地看着，这对他们来说也是全新的事物。

我集中注意力，不错眼珠地看着，跟着每一个步骤每一个动作学，力求准确到位。妈妈那时无法下楼，便从我在现场拍下的照片和视频里学习，很快就熟练掌握，技师看了连连称赞。后来不论在家里还是在医院，一直到你离开人世，都在使用这种疗法。

电场治疗极为昂贵，一个月的贴片花费就高达十三万元，也没有纳入医保，不少病人家属听到这个价格就放弃了。我们咬咬牙，决心试一试，如果能够延缓肿瘤进展，说不定会等到能完全治愈它的神药问世之日？真是那样的话，倾家荡产也在所不惜。尽管不久之后我们就意识到，这个想法还是过于天真了。

京城有着最为丰富优质的医疗资源，这是不幸中的一点安慰。我们先后跑了天坛医院、协和医院、宣武医院、三博脑科医院等好几家有关的医院，挂的近十位专家门诊号，也都是业内最有名的。除此之外，我们每天上网，了解关于这种疾病的各种信息，世界各国的最新临床和科研动态，在手机上下载了多个有关的APP应用程序，随时点开来看。一门心思，都是为了在与死神的拔河中，让那根系在绳子中间的红布条，尽量晚一些被对方拽过分界线。

然而，没有一位医生的诊断，没有一条医疗信息，能够真正给我们带来安慰。一个普遍而确凿的说法是，对这种五年生存率仅仅百分之一的严重疾病，要想彻底攻克它，绝非几年内能够做到。那么，那些不幸得了这种病的人，早晚都将面对同一个悲惨结果。

想到了一句话："有时是治愈，通常是缓解，总是去安慰。"

刻在美国医生爱德华·特鲁多的墓碑上的这句话，从十九世纪开始，就在全世界医学界广为流传。它被认为是对临床医学的深刻而精辟的理解，揭示了医学的功效和局限性。经历过一番求医路上艰难的跋涉，如今我们自认为有资格说真正读懂了这句话。

其实，让人绝望无奈的，岂止这一种病？像阿尔兹海默症，俗称老年痴呆症，也是一种严重的疾病，给病人及家属带来了极大的痛苦烦恼。随着社会日趋老龄化，人类寿命普遍延长，此病的发生率也大幅度上升。因为患病人数众多，市场需求巨大，它受到的重视程度极高，数十年来，共有一百多家国际著名制药企业投入巨资研发，但迄今为止，还没有一种药品能够干预病程乃至彻底治愈。因此，它也足以令人闻之色变。

然而，它毕竟不会那么快地导致死亡啊。

不论如何，我们要千方百计救治你，哪怕只有一丝希望。甚至退一步，虽然很清楚不论做什么，不论怎样做，都无可避免地走向同一个结局，我们也要做。仅仅是因为我们觉得应该如此，只有这样才会让我们稍稍心安。你已经活过了手术后医生会诊时的预期，此后每延长一天生命，对于我们来说都是无尽悲苦中的一丝安慰。

我们给你使用了NK细胞疗法。NK细胞是一种免疫细胞，能够提升肌体免疫力，对抗肿瘤治疗有帮助。这种疗法需要从患者自身血液里分离出细胞，在清洁无菌的环境中加以培养制备，然后再回输到体内。化疗导致你的各项血液指标都很不正常，已经很难从中提取，但医生说输入直系亲属的细胞制品也可以起到治疗作用，于是妈妈前后九次抽了血，每次四十毫升。她对我说过，每一次看到殷红的鲜血抽进针管里，她心中都会升起一丝希望。

得知一家大医院正在进行一种新药的临床试验，药品的主要成分是从一种植物中分离提纯的物质，我们赶紧去联系。但晚了一步，医院报名期已过，不能接收入组。我们不肯错过这个机会，托关系联系到远在外地的药品研发企业，以后果自负的承诺，获得了一个疗程的试验药品，联系曾经当过医生的亲戚上门注射。

一位世家出身的八十多岁老中医，有治疗脑癌的成功案例，我们听说后，赶到一家中医院挂号，他每周来这里坐诊一次。中医诊病讲究望闻问切，老中医说第一次需要看到患者本人。我们像回医院拍片子复查一样大费周折，才把坐在轮椅上的你推到他面前。此后两个月中，我们每周去一次诊所，告知他一周以来你的病情，抓七副配方略有增减的中药。每天煎药都要花上两个小时，苦涩难咽的药汁，你前后一共服用了将近九十副。

前面说到的那几家著名医院的专家，看过你的核磁影像和检测报告，得知我们采取的各种医疗措施后，都给予了充分的肯定。北医三院神经外科的一位博士后医生说，这么多年能够与他进行有专业深度对话的家属，你妈妈是唯一的一位。天坛医院的医生，看了我们列在一张纸上的鸡尾酒式的组合治疗方案后，感叹道：已经很好了，我也没有更多的建议可以提供了。协和医院的医生说，得上这个病，多活一天就是赚的，你已经赚了不少了。这些话里都没有客套的成分，也不需要客套。医生性格不同，说话风格也不一样，但略去这些，表达的意思其实都差不多。

从病友群里，也从医生嘴里，我们获知一个最新的信息：有一种抗肿瘤创新药物，已经在美国的几家癌症医院做过两期临床实验，效果令人鼓舞，尤其对组蛋白 H3K27M 突变有明显疗效，而你罹患的弥漫性中线胶质瘤，正是以这种特定基因突变为主要特征。天坛医院的一位医生甚至对我们说，不要费心寻找别的疗法了，想办法去搞到它，只有它才有一线希望。

国内的一家大型制药企业，刚刚获得美国研发公司的授权，在中国独家开发和生产这种药品，但因为要经过复杂的审批过程，正式投入研发将在一年之后。等不了那么久，我们只好另想办法。明明知道不会有什么希望，但还是写了一封英文信，发到美国的药物研发公司的邮箱里，请求帮助，第二天就收到了回信。但和预料的一样，信中说这种新药只给临床试验病人使用，建议我们去美国的有关医院入组测试。此时新冠疫情的肆虐已经难以控制，中美之间的航班几乎完全断绝，再加上你的身体状况，这个建议如同天方夜谭。

我们只能孤注一掷。通过很复杂的途径，几经辗转，想方设法，终于搞到了进口的原研药。细盐一样的白色粉末，装在十多个五毫升的小玻璃瓶里，放在装着多块干冰的石棉箱子里密封好，从几千里之外快递发来，放进冰柜里小心地保存。

我清楚地记着配制时的画面。

每次使用前，从冰箱里取出来一小瓶，拿到餐桌前。打开密封的瓶盖，将白色粉末小心翼翼地倒在一张纸上，放在微型电子秤上称一下，倒进一个清凉油盒盖大小的器皿里，按照要求的比例，倒进去适量的橄榄油，调匀后抽取到针管里，再注射到胃管中。刚开始时，因为不小心，有一次将一些粉末撒到了地上，心疼得要命。不能有一点的损失，它们比黄金都贵重，一克的价格就高达数千元。

在桌子上方吊灯的映照下，玻璃瓶子发出微弱的棕色亮光。但在那些日子里，它却是一道生命之光，照临在绝望的深渊之上。

"妈妈,你答应过不哭"

最初了解这个病的凶险时,震惊痛苦之外,我最担心的是你得知真相后的反应。

我设想过种种可能的情形。

你肯定会痛苦悲伤,情绪崩溃,会抱怨自己为什么会遭遇这样的厄运,在你的同伴们享受健康快乐的时候,你却要忍受致命疾病的折磨。生命正在最好的年华,梦想正在绽放花朵,为什么一切就要结束。这种情况下,你哭泣喊叫,发脾气,歇斯底里,都是完全可能的,谁也都能理解。

随着时间流淌,如果病情进一步加重,没有治愈希望,你又会怎样?按照医生的说法,肯定会是这样的结果。我的脑海里闪现出了一个可怕的场景。从位于这座楼房第二十层高处的卧室推开窗户,下面就是小区的一条青石甬道,没有任何遮挡。如果决意放弃自己的生命,纵身一跳,便是最为便捷有效的解脱方式。我对高空坠落始终有一种担忧,你小时候住的那间屋子窗子比较低,有一次看见你踩着小凳子探头朝下面看,半个身子压在窗台上,把我吓得够呛,赶紧在外面装了安全护栏。

但是,所有这一切担忧的事情,都没有发生。

你手术后不久,左半身基本瘫痪,让我不再担心你有能力做出极端行为。但从得病到离世,长达一年多的时间,你从来没有当着我们面哭过一次,抱怨过一句,一次也没有。你不曾向我们,不曾向医生,也不曾向任何人打听过你的病情,能不能治好,仿佛忍受痛苦的,是别人而不是你,你只是一个局外人。这一点让我大感意外,甚至现在回想起来时,仍然有一种困惑不解。说给别人听,更是引起一片感慨,纷纷赞叹你内心坚强。

我们了解到别的患者很多不是这样。微信群里,不少病人的家属,都在诉说他们的患病的亲人,如何被疾病折磨得痛苦不堪,如何情绪失控、哭泣甚至咒骂。他们叹息,但没有人抱怨责备。他们知道,病人这样对他们发泄,只是因为他们是亲人,他们有义务和责任承受这些。

相比之下,你大不一样。

如果仅仅开始时是这样,并不奇怪,应该是你不了解病的凶险程度。你正在生命活力最为充沛的年龄,对这个阶段的人来说,重病和死亡,还只是一个遥远模糊的影子,一种更多属于别人的遭遇,一种虽然存在但通常体现为观念形态的事物。

因为疾病发展快,住院时你的眼睛就几乎看不清东西了,这样也就没办法看手机,查询病情。但这也只应该是推迟了你知晓的时间而已。医生护士们怜悯的目光，家人忧虑的表情，特别是手术之后，众多难受的症状，频繁复杂的检查，面对这一切，再愚钝的人，也会考虑它们意味着什么了，何况你一向敏感。尤其是当开始做肝功、生化、心电图检查，头部放疗区定位，进行放疗前的各种准备时，更是明白无误地告诉了你疾病的性质。

其实在放疗之前，你的好友在探望你时，已经自作主张地告诉了你真实病情。她说你内心强大，让你知晓真相，更有助于激发求生意志，对治疗有利。我们再反对也没有用了。

得知病情后，你外表看上去颇为镇定，没有明显的恐惧惊慌，更不曾哭闹抱怨，仿佛印证了同学朋友们对你的看法。但我们还试图给出另外一种解释：你虽然得知自己得上了可怕的疾病，但还没有将它和最严重的后果直接挂钩。你一向健康的身体，让你迄今为止对疾病的可怖还不曾有真切体验，对恢复健康有信心。而且，亲戚中也有得了癌症多年，一直恢复得不错的，可能也多少淡化了"癌症"这个词汇的凶恶色彩。"我能接受这个结果。"这是在放疗开始前，我们告诉你这个病的真相时，你说过的一句话。但你真的明白这句话的意思吗？

放疗长达一个半月，这个过程中，我每天推你去治疗，深切感受了你的镇定。只是在刚刚开始时，你问过我一句："我这病还有救吗？"我心中难受，但尽量做出轻松的表情说当然有救，但因为病情比较重，治疗时间要长一些。后来你再没有问过我，也没有问过妈妈。你应该是相信了，还是已经决心承担任何后果？

妈妈陪同你住院，前后共计四个多月，一百多天。每一天，她都近距离地看着你被病魔折磨的痛苦样子：手术后头部和上身插着很多管子，动一下就要牵动伤口，疼痛难忍，坐起和翻身时十分吃力；药物反应让你呕吐不已，脸上直冒虚汗；为了化验脑脊液，前后做过多次腰椎穿刺，每次穿刺后都要平躺五六个小时，再难受也不能动弹……妈妈每次问你感觉如何，你总是回答没事，但你脸上痛苦的表情却是无法遮掩的。妈妈好几次控制不住眼泪，倒是你来安慰她："妈妈你又哭了，你答应过不哭的。"

只要不是特别难以忍受，你总是尽量地多跟妈妈聊天，说话中还保持了一丝幽默感。妈妈告诉我，有一次你们的对话是这样的——

妈妈说：好闺女；你回答：是。

妈妈说：乖闺女；你回答：是。

妈妈说：漂亮闺女；你回答：一般。

妈妈说：你是唯一的女儿；你说：你是唯一的妈妈。

我还想到了一个场景。你放疗结束出院回家不久，健康状况还不错，为了活跃气氛，妈妈逗你为我们几个人的表现评分，你给她和护工阿姨的都是高分，给我的是一个及格线以上的分数。你脸上挂着笑意，说老爸你只要别老是愁眉苦脸的，下次也能得高分。

在家里，还要继续服用几个疗程的化疗药。为了掌握你服药后的反应，以便确定用药量是否增减，药品是否调整，我们有时会问你，是不是难受。大多数时候你都说不难受，或者是"还行"，有时候则用摇头来回答，这比说话要省力气。尤其是在第二次开颅手术后不久，气管切开，你不但无法发声，摇头也困难，就变成了眼神交流，用眨眼或闭眼分别表示不同的感受。

其实我们很清楚，这样问十分愚蠢，怎么可能不难受？药物严重损伤肠胃功能，你食欲很差，每次吃东西时都紧蹙眉头。护工阿姨经常将饭菜又原封不动地端回厨房，说你头痛，恶心，喂不进去。你说不难受，只是为了不让我们担忧。

后来又是几次进出医院。护工阿姨陪同你住院期间，我们无法去探视，阿姨为了拍视频给我们看，每次都让你"笑一个"，"露八颗牙"。这样不顾及你的感受，未免有些残忍，但你仍然是很听话地配合，努力做出笑容。

但有一天，你的目光明白无误地透露了你的心情。

那是在第二次开颅手术及气管切开手术后，距第一次手术已经五个多月了。在重症监护室救治了几天，又回到神经外科病房调整数天，各项指标逐渐稳定了下来，医院再一次催促我们办手续出院。病房是给手术病人住的，你已经做过两次开颅手术了，不可能再做，也没有别的治疗措施了，也就再没有理由继续住下去。此前说话还比较委婉的大夫，这次说得很直接：回家休养，或者去郊区找一家临终关怀性质的医院，尽量让她过得舒适些，少些痛苦。

但这样的医院并不好找，回家的话，出现什么情况我们也无法处置。我们又陷入了新的焦虑。万幸的是，经过一位医生朋友热心帮忙联系，离家不远的海军总医院的神经外科答应接收，便转到了该科的病房。

但这种结果，你一定是没有想到。

头一天，护工阿姨发来一段视频，晃动的画面中，她告诉你说我们明天就要回家了，你的脸上溢出一丝笑意。但你并没有能够回到自己的房间。经过几个小时的忙乱折腾，办理出院手续后，一辆救护车把你拉到十几公里外，迎接你的仍然是一所医院。这里走廊比上一个地方更宽，病房更大，设施也更新，但墙壁一样雪白清冷，到处弥漫着药水的气味。

在护士的指挥下，我们把你抬下轮椅，抬到了一张病床上，将各种物品摆放整齐，归置到位。妈妈走到门口，给护士详细交代如何照护你，我站在病床前，弯下腰看着你，脸上使劲挤出一缕微笑。

我牢牢地记住了你此时的目光。

你直直地盯着我，眼睛一眨不眨。目光清澈、犀利而尖锐，仿佛被清水洗过的刀子，闪着寒冽的光亮。这是你不曾有过的神情，搜遍脑海，也找不出一点儿这样的记忆。这是意识高度清醒下才会有的目光，里面有留恋、绝望、哀伤等等太多的内容，让我心中一阵颤抖，一阵冰冷，仿佛一坨冰块从喉咙咽下，穿过肚肠直落到小腹部。

此时无声胜有声。我想到了这句话。

护士又在催促离开。走出病房时,转身和你告别,你不看我们,扭头望向窗子的方向,叫你也不应。我从你的目光里读出了一种愤恨,你一定是在痛恨降临在你身上的命运。

第二天,听护工阿姨讲,我走后,你哭了十几分钟。到了夜里你又哭了,被子蒙着头。此前她从来没有见到过你流一滴泪。我心如刀绞。是怎样的痛苦绝望,才能让你这样爆发出来。我想到昨天你的目光,该是由于气管切开,你无法对多日不见的我们说话,带给你的心理打击是巨大的。但更有可能,是你认为这次出院后会回家的,没有料到只是换了一间病房。这更让你清醒地认识到病情的严重,看到死神的头颅就在不远处晃动。

这是你第一次明确地宣泄自己的痛苦,也还是在深夜里,我们不在你身边时。回想到一些场景和细节,我越来越相信,我们此前为是否要告诉你实情而犹豫不定,其实是多余的。你内心早就清楚,只是不说。你很默契地配合着我们,双方彼此都心照不宣。

尽管如此,我还是相信,一直到最后,你也没有完全失去希望。妈妈对我说过好几次她的感觉:你认为我们能救你。从小到大,你所有的愿望,最后都是能够实现,虽然有时可能会费些周折。这一年多来,我们千方百计的努力,你都看在眼里,加上求生本能的驱使,你一定也相信会成功,就像此前所有问题最终都能够解决一样。

在那一次深夜暗自哭泣后，过了几天，你看上去又表现得很平静。你十分礼貌地对待值班的小护士们，全力配合她们的要求，每一次都微笑着说谢谢。那时你气管的刀口已经开始慢慢愈合，能够说一些简单的话。护士们也都喜欢你，空闲时总爱到病房里来看你，打听你在国外读书和生活的情况。有人还问起学英语时遇到的问题，你总是很友好地解答，还说等将来病好了以后，可以义务教她们学外语。

从海军总医院出院回家后，过完春节，正月初五那天，你精神很好，对妈妈说你想写字。从住院到现在，大半年里你都没有写过一个字了。妈妈和护工阿姨一起，把你扶到轮椅上坐下，在你面前架起小桌子，拿了一支笔和一张纸给你。你左手掌连同手腕压在纸上，右手捏着铅笔，微微抖动着，费力地写了一会儿。我凑过去看，在这张大十六开的复印纸上，你一共写下了十来行字，字迹歪歪扭扭，但仔细看还是能够辨认出来：

"今天破五，我想要练字。""妈妈，我很好，你放心吧！""爸爸你好！告诉你一个秘密：你真帅。""叔叔，谢谢你的看望和水果。""考拉你好，姑姑爱你！""回家的感觉真好！我爱北京。""想吃番茄菜花。""我的愿望是康复，加油！！！！""爸爸妈妈和我是一家人，我会尽快康复！！！！！"

你在强烈地表达自己的感情和愿望。你写到了叔叔，写到了表哥的女儿的小名，因为几天前过春节时，叔叔和表哥表嫂分别来看过你，你都还记得，这表明你的神智十分清醒。整个生病期间,有人来探望时,你不管多难受,都会强打精神,努力露出笑容,说一声谢谢。这次你用了多达四五个感叹号,来表达对生命的渴望。当时我们都很激动,妈妈甚至瞬间涌出了眼泪,急忙扭过脸去,不想让你看到。你去世几个月后,有一天我在收拾东西时,再一次看到这一页纸,不禁潸然泪下。

随着病情的发展,你的视力又开始下降了。但当妈妈问起时,你仍然说能够看见她。有一次妈妈问你,她穿的衣服是什么颜色的,你支支吾吾,妈妈不忍说穿,随便说了一种别的颜色,你马上回答说对。你的小心思我们都清楚,其实你是怕我们伤心,不肯承认你已经看不清东西了。

还有一件事,更能够印证妈妈的想法。那是第二次住进海军总医院的后期,你的生命正在快速走向终点,但没有人能够意识到这点。那天医生来查房时,对护工阿姨说准备好过两天出院,你听到了,费力地说大夫我不回家,我还要康复。你还对护工阿姨说:阿姨谢谢你,等我病好了,我要照顾你,照顾爸爸妈妈。

我也清楚地记着你最后一次的核磁检查。

我们几个人用棉褥子兜着你,抬到检查床上放下,再将棉褥从你身下抽掉。你只穿着单薄的衬衣衬裤,背部紧贴着冰凉的台面。来自身体内外的不适感,让你全身不停地抖动,控制台电脑荧屏上的影像模糊晃动,操作人员几次停下手,说无法进行下去了。我埋头凑近你,头部几乎也要伸进机器的圆腔中,语调急切地恳求你努力控制住自己。

你无法说话，费力地抬起尚能活动的右手，拇指和食指围成一个圆圈，表示你都明白，你会努力配合。检查终于正常进行了。那一刻我不禁在想，你的治疗要是也这样多好，虽然费尽气力，但最后总算成功。

然而上天没有给你机会。

有过许多次，望着你疲惫萎靡的神态，我设身处地想象你十几个月来的感受。从最初满怀希望的乐观，到意识到病情的严重凶险；从坚持不懈的抗争，到病魔更猖狂的肆虐；从一次次的点燃希望，到一回回的梦想破灭……与这个过程相同步的，是躯体日渐沉重，精神日益倦怠，清醒越来越少，昏睡越来越长。

这样的痛苦，就在我们眼前摊开、展现，逐日地累积，且结束完全无望。仿佛穿过一条长长的黑暗隧道，看不见光亮在何处。我曾经有过一个想法：如果你的命运中注定了无法躲避劫难，而且结果完全不可更改，那么与其这样每日被病魔肆意蹂躏，辗转于无望的深渊之上，真不如当初某个时候遭遇一次突发的事故，譬如一场空难，一次车祸，让生命猝然了结。免去了经年历月的折磨，惊骇恐惧都只是瞬间的事情。

这样的想法只是一闪念，但过后却让我羞愧自责。

不该这样想。决不能放弃，直到最后。

即将干涸的瓶底

在海军总医院住了一个半月后,你的病情总体上还比较平稳,没有大起大伏。主治医生表示,应该还有两三个月的生存期,过春节没有问题。

这已经比他最初的说法要好不少了。十一月中旬刚转来这里时,他的判断是一两个月。他说这里没有更多的治疗了,再住下去意义不大,不如回家待着,在熟悉的环境里病人心情会更好些。病情进展时,可随时回来。

出院回家那一天,是二〇二一年一月八日,进入新的一年了。你的伤痕累累的生命之舟,又向前划进了一段,让我们多少感到安慰,有一种意外之喜。毕竟,现在属于你的每一个日子,都是从死神手里抢夺回来的。

但我们也明白,和死神的交易,不要总是指望能够占到便宜。这会是你最后一次在家的时间了。至于多长,是医生所说的两三个月,还是侥幸能够更长一些,说不清楚。我们只能尽最大的努力延长这个时间，多一天是一天。

有一天，我看到一瓶放在暖气片上的矿泉水，是几天前没有喝完的，又被蒸发掉了一部分，只剩下瓶底部手指肚那么短的一截。我想到，你的生命已经进入倒计时，就像是瓶子里的水，在一点点地消失，终将枯竭。

那么，怎么样的安排，才能对得起这最后的时日，让将来回想起来，尽量没有遗憾？因为终点就在不远的地方，每一天，每一个小时，就都有了特别的意义。如果生命的长度难以延伸，能不能设法增加它的密度？但问题是，这一点真能做到吗？还能够有哪些选择？

你一向喜欢音乐，而对你这种衰弱状态来说，听音乐也差不多是唯一的文艺欣赏方式了，我便从你的书柜中和桌子抽屉里，找出了你当年买的很多张CD，歌手的名字是蔡依林、张韶涵、孙燕姿等。现在技术手段比当年更进步了，上面的歌曲手机上都可以找到，便挑选出来放给你听。

这些歌曲，大都多年没有听过了，如今重听，仿佛回到了十几年前的样子。音乐很容易唤起记忆，这一点有着心理学上的依据。歌声中叠印上了你当年的模样，一个个画面很清晰地浮现：你出门去楼道倒垃圾，哼着陈明的《快乐老家》；你躺在姥姥家的沙发上，戴着耳机，摇头晃脑地哼唱容祖儿的《小小》；你跟着我们去逛商场，家电部的电视机大屏幕上播放着S.H.E的 *Super Star*，青春的美丽在三个女孩子身上仿佛花火一样迸射，你也跟着手舞足蹈……有一次与几个朋友家庭聚会,都带了孩子,年龄相仿,饭馆包间里有卡拉 OK,你们几个孩子唱个不停,其中数你最痴迷,话筒几乎是被你霸着,一支又一支,比谁都投入,迟迟不肯离开。

但回忆带来的一丝欣悦,马上被苦涩的现实替代。那些响亮的嗓门,开心的大笑,替换成了眼前微弱的声音,勉强的微笑,点头抬手都幅度很小,有气无力。然而,对在病榻上被折磨了大半年的你来说,这已经是最好的回应了。

长期处于同一种状态,容易让人感觉麻痹。你从手术后就一直卧床,有时难免让前来探望的人觉得,你始终是如此。其实我们最清楚,并不一样。随着时间的推移,你清醒的时间更短,嗜睡的时间更长,语言表达更加含糊费力。大半年来,你的健康状态渐次退化,就像是缓步迈下几级台阶。第一级是手术后和放疗期间,第二级是第一次在家的日子,然后就是第三级,从第二次手术到现在。

一条舒缓的下滑线,这便是你的生命呈现出的面貌。

我一天几次走进你的屋子,看你一眼,陪你一会儿,内心哀痛,但要努力表现得平静。这对我实在也是一种折磨。因此,我尽管明白应该和你多待一些时间,但又时常像逃避什么一样,很快就又走出去。

在这些日子里,一些念头经常情不自禁地浮上心头,盘旋不去。虽然理性认为不该如此,毫无益处,但难以控制。它们大都与悔恨的情绪有关。譬如，为什么当年没有抽出更多时间与你在一起？为什么与你在一起时，没有能够更关心更投入一些？

记得你两三岁时，住在西城区百万庄的房子里。在那间朝北的卧室里，你穿着小背心小裤衩，坐在地上玩玩具，我坐在客厅沙发上看书。每过一会儿，你就跑到客厅里来，推推我的腿，用一种恳求的口气说：爸爸，跟我玩一会儿吧。但我埋头在书页上，让你自己去玩。你见我不理睬，只好又走回去。经历的次数多了，你早早地就习惯了独立玩耍，很少黏着我们。如今想起来当时你乞求的眼神，内心不由得泛起一阵隐痛。

在南城住的那几年，正是你读小学时。学校在和平门，我与楼下的邻居轮流接送，他家有个男孩子，小名叫毛头，比你低一年级。如今回想起来，我那几年的角色更多是个司机，在车上的半个多小时里，总是沉浸在自己的各种想法里，考虑当天的工作安排等，很少主动与你交谈，问你学校的情况，对你的问话也常常是敷衍地回答。有一次你说，毛头的爸爸什么都问，不像你这么不爱说话。我听出了你语调中的抱怨，但并没有在意，过后依然故我。

这样的做法，当年我自认为很正常，潜意识里甚至还隐约有些自得，觉得守护住了自我独立性和发展的空间。一直到不久前，看到如今的一些年轻父母，把孩子当成生活的中心，业余时间几乎全部精力都投在育儿上，还有些不以为然。实际上，如果不是你生病，这个观念一直会延续下去。但自从你生病后，一幕幕回忆起当年与你在一起的日子，忽然想到，这种念头未必像一直以为的那么天经地义。

那个年龄，正值一个孩子心智发展、人格形成的重要时期，与父母的交流互动十分重要。如果我不是那么以自我为中心，说白了是堂皇借口掩饰下的自私，而是更耐心细致一些，投入更多一些，对你的成长是不是会更好一些，而我从这种源自血缘的、无可替代的父女关系中，也应该获得更多更深长的美好感受。那样，尽管最后的结局不可更改，但此后长久的回忆里，将会有比如今更为丰富厚重的内容。

但没有选择了。已经过去的无法改写，未曾实现的再也不会实现。

除了化疗期间，药物严重影响肠胃功能，大部分时间，你的营养状况都很好，脸色红润，体重也没有减轻。虽然每天卧床，但身体背部臀部的皮肤没有一点损伤或感染，医生护士都称赞。这不能不说与我们和护工阿姨的精心护理有关。医生嘱咐少食多餐，每天四顿饭，我们增加到六次，每四个小时喂一次饭，另外每隔两个小时喂一次汤，是用不同的滋补食材熬出来的。

最后几个月，每天早晨五点半，我都准时走进厨房准备午饭。那些天里，即使睡眠最好的日子，也通常在四点多钟就醒来了，无法再入眠，躺着只能陷溺于悲哀。我做出几个菜，煮好粥或汤，你妈妈接力，留出我们和护工吃的，再用食品粉碎机将其余的饭菜打碎，搅成糊糊，灌进针管里，再打进胃管喂你。等你再次住院后，则将它们分装进几个保温杯中，然后在中午之前，开车送到医院病房门外，请护工出来取走。

在我内心里，是将每天长达几个小时的做饭，当作了一种补偿。

你喜欢美食，十分在意享受的过程。在这一点上，你与大多数女孩子没有什么两样。你发给我们和发到微信朋友圈里的为数不多的照片中，这方面内容却占了不小的比例，照片上一副十分开心的模样。早在初中时，你就好几次说过，很羡慕你的一位"四人帮"同学，你多次在她家吃饭。家长精心做饭，花样多，味道好，一家人围坐在饭桌旁，其乐融融。不像我们家，总是凑合，简单的一两个菜，有时还是站在厨房里吃。我们没有当回事，工作紧张繁忙，下班回到家就很累了，没有精力也没有心思花工夫在吃上。

但如今，想到这一点时，心里生出了另外一种滋味。我把一本塞在书柜角落里的菜谱找出来，照着上面的说法，尽量做得精致可口一些。一边做饭，一边想，要是多年来一直就是这样，该有多好；要是你健康无病，该有多好；要是你得了病但并不致命，该有多好。

马上就要到春节了。提前好几天，我们就开始筹划，不管心情如何愁惨，也要让这个节日有一些喜庆快乐的气息。

除夕这天，我们把屋子打扫干净，给窗玻璃上贴了红色窗花，并按照护工阿姨的建议，把你住院时穿过的一双旧鞋扔到楼下的垃圾箱里，寓意摆脱了邪气。一早就给你换上一身全新的运动衣裤，上身套了一件橘红色外套，还戴上了一顶碎花图案的手术帽，遮住贴满了电场治疗贴片的脑袋。下午，护工阿姨和好了面，拌好了馅，将你搬到轮椅上，推到客厅的餐桌前。

你面前放了一块小小的木砧板，角上放着几只从面团上揪下来的面剂子。你用右手缓慢地转动擀面杖，把面剂子擀成薄皮，动作像电影里的慢镜头。几张擀好的饺子皮怪模怪样，但已经尽了你最大的努力了。

饺子煮好后，妈妈用筷子将一只饺子弄碎，分成几小块，再分几次放进勺子里，送到你的嘴里。这是"嘴吃"，与它对应的是"管吃"，这是我们因为你的病而造出的专用词汇。第二次开颅手术后不久，你气管切开，吞咽困难，此后一段时间里，只能将食物通过胃管打进去。气管刀口愈合后，为了加强营养，仍然保留了胃管，没有拔掉。你只要可能，就努力用嘴吃。你对护工阿姨说：我知道我用嘴吃你们高兴。但经常是吃了几口就咽不下去了，只好再用粉碎机将食物打碎，通过胃管输送进去。

今天还好。在我们眼前，你慢慢地咀嚼着，很享受的样子，脸上挂着一丝笑模样。我却内心痛楚地想到，这将是你在人世间最后的一个春节了。

记忆闪回，脑海中浮现出了另一个画面。

还是去年，第一次在北医三院见到你那天，回到家里后，我从冰箱冷冻室里取出一块新西兰精选牛排，化冻后用平底锅煎熟，将配好的汁液洒匀，端到餐桌上，香味四溢。我知道你喜欢吃牛肉。你吃得很开心，赞不绝口，表扬我说老爸你行啊，进步不小。我大受鼓舞，第二天又想如法炮制，你说好东西不能连着吃，间隔几天会感觉更好。

那时你没有想到，我也没有想到，再也没有机会了。几天后你就住院了，等到放疗结束后回到家里，已经是几个月后了。你的咀嚼功能大为下降，饮食也有不少禁忌，因此就没有再做。至今，剩下的几块牛排早已经过了保质期，但我舍不得扔掉，一直存放在冰箱底层冷冻室里。

在我心里，它们是献给你的祭品。

"把悲伤调成振动模式"

身陷不幸中的人们,大多喜欢抱团取暖。信息时代,技术的先进便捷极大地促成了这点。

你妈妈加入了好几个胶质母细胞瘤病患家属微信群。这种病固然十分罕见,绝大多数病人家属在亲人得病之前,都从未听说过,但因为全国人口基数庞大,理论上的小概率,也变成了数量不可小觑的具体鲜活的生命个体。

同属胶母群,又根据亚型和病期的不同,分为胶质瘤四级群、弥漫中线群、儿童群、复发群等,互相之间有区别又有交叉,每个群中都有数百人之多。实际的病患数当然还不止如此,但因为每个微信群的人数支持上限都是五百人,到了这个数目就不再接纳。另外,也不是所有的病患家属,都有获知信息渠道和操作进入的能力。

尽管群里病人病情不同,但都是致命的疾病,每个患者都收到了一份死刑判决书,区别只在于执行时间的早晚。所有的努力,只是为了尽可能将那个时间拖后一些。

这种疾病,是绝症中的绝症,噩梦里的噩梦。因此在各种疾病微信群中,这几个群肯定是属于最为绝望的那一类。群里的那些对话留言,简短直截,语词不讲究,时常有错字病句,一片愁云惨雾,弥漫在字里行间。说起这个病,都是一种特别的口气:"为什么要这么折磨人""这个病太恐怖了""天底下最变态的病""感觉像做梦一样""狗日的胶质瘤"……无奈,哀叹,愤怒,诅咒。透过这些文字,仿佛看到人们写下它们时的表情。一位群主不无调侃地写道:我们前世估计是犯了不可饶恕的大罪,被诅咒过,才会有这样的报应啊。

有人写道:家人最早发病时,还以为是脑梗死,感觉天要塌下来了,现在则想如果真是脑梗死就好了,要谢天谢地烧高香。有人自言自语:宁愿用一辈子瘫痪在床来换掉这个病。有人写了一句话:"中线羡慕胶母,胶母羡慕二三级。"他的亲人得的也是中线弥漫性胶质母细胞瘤,最为险恶的那一种。

群里更多的内容,是交流治疗方案和照护感受。都是陪着亲人在鬼门关边转悠的人,说话不必遮掩躲闪,直来直去,没有人觉得鲁莽失礼。

有一次群主提醒某个新入群的人,不要指望有什么特效药,这种病即使吃上一卡车的药,效果也很有限。有人说家人手术后几个月了,恢复得和正常人一样,别人就泼冷水,说别高兴太早,早晚会复发。不幸的是,这个说法屡屡得到印证。很多人都说到,每次带病人去复查,都是一种难言的煎熬,几天前就开始恐惧不安,夜不成寐,不知将会面对何种结果。那一页检查报告,就是命运法官的判决书。糟糕的是,大多数时候都不是什么好消息。

微信群里也有几位医生,本来指望他们能给人打气鼓劲,但他们表露得最多的也是无奈,一些安慰的话也显得言不由衷。甚至有人看了家属上传的片子后,很明确地劝其放弃治疗,免得人财两空,活着的人今后的日子还要过下去。

医学书上说,这个病可以发生在任何年龄和职业的人群中。进入这个群里后,我们开始认识到,噩梦并非仅仅追逐我们家,仅仅"眷顾"你一个人。病人中不乏与你年龄相仿的年轻人,健壮的小伙,秀气的姑娘,更有不少伶俐可爱的孩子,一脸天真的笑容,看得让人内心抽搐。他们本来都应该有着美好的前程,却不幸面临绝境,生命的晴空骤然间被浓重的黑云笼罩。

与病友们相比,我们还不算最惨的。

除了忍受亲人患病的折磨,一些人还同时遭遇着其他的困境,像父母患病、孩子幼小、经济窘迫等等。有一家人,丈夫刚刚做完肝癌手术,孩子得了胶质瘤;一位患者是三十出头的年轻母亲,丈夫带着两个年幼的孩子,家里还有瘫痪的婆婆;另一家则是男的生病,女的不久前下岗,家里同样有两个上小学的孩子;单亲家庭里的家长或孩子,患病的也不乏其人……

福无双至,祸不单行,屋漏偏遭连夜雨,船破又遇迎头风。

这些说法时常会听到,但现在才算有了真正深刻的理解。我也想到了史铁生《病隙随笔》中的一句话:任何灾难的前面,都有可能加上一个"更"字。

一个陷溺于苦难中的人,看到别人也在经历不幸,多少会获得一丝慰藉,眼下的痛苦也变得稍稍可以忍受。这种感受,也可以说是来自人性的深处。换成一种更熟悉也更正面的说法,是快乐有人分享就会加倍,痛苦有人分担就会减半。如果是上帝设计了人性,那么这样的安排的确体现了他的善意。

可是说千道万,上帝为什么还允许有这种病?

有一位父亲不停地自责,没有给九岁的儿子一个好身体,真不该把他带入这个世界。从心理学上讲,他应该具有自虐型人格倾向,习惯于把灾难的原因向自己身上揽。更多人是按照各自的理解,猜测亲人得病的原因,要么是手机电脑使用过多,要么是性格内向忧郁,要么是熬夜失眠,要么是饮食不节,但通常都会被别人举例反驳,证明所言没有确凿依据,于是话题打住。但过了一些时间,它又会出现,那通常是有新的网友加入,对病因百思不得其解,急切地想寻求答案。

这种病,如果按照规范化的医学指南,可供选择的治疗手段十分有限,于是有一些患者亲属被迫尝试各种新的方式。那段时间,北京的一位肿瘤科医生,谴责一位上海的同行"诱骗治疗",因为后者在收治一位癌症晚期病人时,没有按照诊疗指南进行规范治疗,而是采用了一种个性化、未经严格临床证实的方案,让患者家庭多花了很多钱,但疗效并不理想。舆论场上一时沸沸扬扬,对立的意见唇枪舌剑,酿成不小的风波。然而在这几个群里,尽管许多患者家人也都花费很多,甚至倾家荡产,但还是有不少人表示理解上海医生的做法,因为他们切身体验到了规范治疗的无能为力。因此,一有机会,他们自己也成了急切的探索者。

这些探索五花八门,甚至可以说稀奇古怪匪夷所思。有人尝试用鸡尾酒疗法,四五十种药轮流着吃,借此打乱利于肿瘤生存的人体微环境。单单记着这么多药名就很费劲,因而专门制作成表格,将药品服用顺序和间隔时间一一列出来,每天看着表格服药。一种原本治疗狗的消化系统疾病的药,据说对肿瘤有效果,有人在群里发布了信息,很快网上药店里这种药品就脱销了。在最深的绝望中,荒诞不经的说法都能够让人重燃希望。只要听上去似乎有些道理,就会有人去尝试。

久病成良医,他们了解这一疾病最新最前沿的消息。其中不乏高学历、外语好的人,能够从网上获知正在进行的临床实验动态。因为是在实验阶段,没有成药,他们就设法打听渠道,购买原研药自己配制。这也是一件非常艰难的事情,因为涉及知识产权、医学伦理、引发医疗事故的可能性等,医生即使愿意帮忙,也只是含糊地点到为止。即便能够设法搞到原研药,运输中必须全程保持冷冻,配制时对精确度的要求也极为苛刻,这些都是不小的考验。有些人居然都做到了。

但即便这样努力，希望仍然一再破灭。奇迹没有出现。

群里经常会有人退群，意味着他们的亲人被病魔带走了。有人不声不响地就退出了，多数人离去前会告知一声，表达对群友们的感谢，祝愿别人的亲人治疗有效。但也有人表示，他要一直待在群里，直到看到这个病被攻克。

家人罹患绝症，时日无多，无疑是一种极端的状况。在这种处境中，人性的方方面面，都在亲属们的反应中得到了折射。让我感动的是，从微信群中，我看到的更多的是人性中的美好。

有一个微信群，群主的妻子四年前患病，他辞职照顾妻子，抚养孩子。久病成良医，他的造诣已经不亚于专业医生。他帮人看核磁影像，分析病情进展，提供治疗建议。另一位群主，则帮助去世者的家属发布剩余药品出让信息，充当担保人，经手过数千万的金额，分文不取。

一位女博士生，与男友已经谈了十几年恋爱。两人是高中同学，本科毕业后一同去美国读书，男友学的是电气工程，已经拿到博士学位，上海和深圳都有单位愿意接受。但就在这时候，男友感觉不适，核磁查出得了脊髓胶质瘤，命运瞬间被彻底改写。在美国做了手术后，决定回国继续治疗。再过两个月，她也将拿到博士学位，但为了不耽误男友，她毅然办了退学手续。她陪男友回到深圳完成隔离后，去北京天坛医院治疗，并在医院附近的南四环一带租房子住。她一边找了一家公司工作赚钱，一边照顾男友。两人还没有法律上的婚姻关系，微信群里有人劝她趁早离开,别耽误自己,花在病人身上的时间,可以挣钱买大房子了。她毫不犹豫地拒绝了,在微信群里说这是不可想象的事,"几十栋房子也换不了让我放弃他,这些根本不在我价值观的顶层""我只要他好好的"。

还有一个沈阳的小伙子,单亲家庭长大,本科毕业刚开始读研,母亲就得了这个病,手术加上放化疗,家里的积蓄大部分耗尽了。他退学找了个工作,一边上班一边照顾母亲,每个月陪母亲住院化疗一次,再来一次北京广安门中医院为母亲开中药,虽然对疗效并不抱多大希望。我们用象征性的极低的价格,将未能用完的电场贴片转让给了他,内心祈祷能够起到一些作用,尽量延长他们的母子缘分。

甚至还有几个人,本身就是患者。该有多强的心态,才能加入通常是由家属们来进行的讨论,面对最为不堪的话题。他们谈自己病痛中的身心感受,交流治疗的体验,因为十分清楚疾病的后果,因此更多地谈到未来。一位年轻的母亲,庆幸自己坚持不要二胎是对的,否则丈夫一个人拉扯两个孩子多么艰难。她明确表示希望丈夫再找一个,那样她才安心,也希望新人能对孩子好些。她每天在本子上写下一句励志的话,留给年幼的女儿,想让她长大后看。"今天我写的是,一个人的强大,是学会把悲伤调成振动模式。"

局外人会想象,这个群里一定是悲伤压抑,愁云惨雾缭绕不散。其实并不尽然,时常会有一些留言让人不由得一笑。群里有一个码农丈夫，无微不至地照顾自己的妻子；有一个身为乘务长的空姐，时时在牵挂自己患病的父亲；有人就留言，"嫁人就嫁理工男，娶妻就娶乘务长"。有人提出这样开玩笑不妥，但马上有人反对，认为一天到晚已经憋闷得要爆炸了，为什么不能放松片刻，给自己减减压？这后一种意见得到更多人的赞成。

有人迟迟走不出哀伤和思念。一个总是快言快语的女子，问群主有没有什么办法，能够保存住刚刚病逝的丈夫的气味。嗅觉能够让人的意识回到特定的场景情境，这是有着生物学的依据的。我想到了普鲁斯特的《追忆逝水年华》，主人公小时候吃过的一种玛德琳蛋糕，当舌尖品尝到它的味道的瞬间，他仿佛置身于童年的场景中。这个别人看来有些疯癫的想法，却让我对她生出一种敬意。

女儿，在你离去后不到半年，这个五百人的微信群，已经减少到四百人以下，这意味着有一百多位患者已经离世。对他们的亲人来说，苦难并没有消失，只是变换了一种模样。他们摆脱了担忧焦虑，告别了奔波劳累，而转入一种深切绵长的思念。

它有着另一种疼痛和不堪。

最　后

四月十九日，你第二次住进了海军总医院神经外科病房。

在这之前几天，你的症状又有新情况，出现过多次血压、心率指标异常升高，已经到了很危险的程度。虽然服了对症药后降了下来，但不久后又重新升上去，且发作间隔时间越来越短，嗜睡淡漠等症状也越发明显。这表明，已经不是简单服药能够奏效的了。我们束手无措，担心随时会出现更坏的情况，难以应对，只好联系医院，经过一番请求，再一次住了进去。

从一月八日回家至今，你在家里一共住了一百零一天。三个多月的时间，已经超出了当初医生对生存期的估计。这些日子里，因为打听在北医三院手术时使用的医疗器材的型号，给当时的主管医生打了一次电话，得知你还在人世时，他显然十分惊讶，从语调里能够听出来。

二次住院后，依然是一系列的检查，做头部和胸部 CT，抽血检测各种生化指标，等等。现代医学已经高度标准化程式化，与工厂车间里的流水线没什么两样。几天后，经过若干对症治疗，医生判定说病情又进入了一个平台期。至于接下来如何治疗，他说也没有特别的方案，只能用常规手段，尽力控制病情不要发展过快。出现异常情况了，就对症治疗，打针或吃药，说白了是头痛医头脚痛医脚。

看来，魔鬼还没有失去对你的兴趣，还想继续把这场残忍的游戏进行一段时间。

我们的努力，也是原地踏步走的状态。依然继续着昂贵的电场治疗，尽管对其效果越来越不抱希望。依然每周去一次中医院开七副中药，每天煎出药汁放在保温杯里送到医院，心里更是把它当作安慰剂来看待。比较起来，还是对那一种最新的临床实验药抱着更多的希望。虽然并没有出现期待的效果，但我们让自己相信，毕竟服用时间还短。我们每一次精心调制好，放在保温杯中送去，让护工用注射针管打进胃管中，并教给她一套说辞，预备万一医生护士问起时回答。这件事肯定不能让他们知道。

在做这一切时，心中响着一个声音：尽人事，听天命。在能够做到的范围内，不留一丝遗憾，不放过一点可能性。即便没有效果，至少将来不会悔恨自责。

也正是在这种心理驱使下，又进行了一次伽玛刀立体定向放射治疗，用高能射线照射肿瘤病灶。治疗前，需要安装定位头架，用铝合金框架紧紧地箍住你的头部，再用螺钉固定在颅骨的相关部位上。你头部两侧太阳穴部位的皮肤，被挤压得渗出血来，看得我们心里一阵生疼，像被锥子刺了一样，更不用说作为承受者的你了。

日子一天天流淌。仿佛这个季节中的天空经常充满雾霾一样，我们的心情也是阴云笼罩，黯淡无光。焦灼和忧虑依旧，但涂上了更多麻木的色彩，仿佛一个极度疲惫的行人机械地挪动脚步。前方的道路隐没在浓雾中，望不见目的地所在。

席卷全球的新冠疫情，到这时已经持续了一年多了，时重时轻，导致医院的有关规定也经常变化。前一段时间因疫情严重，不少治疗向后推了，随着近期形势有所缓解，又逐渐放开手术，致使神经外科病房床位紧张，很多患者排队等待住进来。主治医师好几次催我们给你办出院，给等待手术者腾出床位，说从现在情况看，应该还有几个月的平稳期。即便住在这里，也没有什么实质性的治疗了。最后一次，他又加重语气说，他的领导已经对他有意见了。

话都说到这里了，我们再也找不出理由赖着，只好又开始做回家的准备。不过还是不甘心，打算充分利用医院的资源，在出院前再做一次PD-1免疫治疗，增强你身体细胞的抗肿瘤活性。这种疗法是癌症治疗中的新手段，受到欢迎，甚至有"抗癌神药"之誉。从对环境和器械的要求，到万一出现情况的应对处理，家里都不具备条件。我们提出申请，医生同意了。

六月二日下午，在神经外科病房区外面的大厅里，我们与制药公司的销售人员见了面，签了协议，支付费用并收取了药品，送到病房，给医生护士交代好，准备当天就注射。这种疗法对他们来说不是难事，此前已经多次给住院病人使用过。

然而，灾难降临了。

当天夜里，正在睡梦中，我被你妈妈的喊叫声惊醒，说护工阿姨打来了电话，让赶紧赶到医院。像被一盆冷水当头浇下一样，睡意瞬间尽消。从你生病至今，一年多了，还从未发生过这样的事情，内心顿时被一种不祥的预感紧紧抓住。看了一眼床头柜上的小台钟，指针正指向凌晨三点半。匆匆穿上衣服，胡乱地洗漱完，赶紧开车出发。

接下来的那几个小时，是一场不折不扣的噩梦。即便是现在，已经过去了几个月，回想起那一幕，内心仍然一阵绞痛。

刚走到病房门口，就望到你躺在病床上，身体剧烈地震颤，大口地喘气，嗓子里发出含糊痛苦的呻吟，是一种带着颤抖的哭声。眼睛努力睁着，一边大一边小，目光飘忽游移，投向病床上方的空中。主治医生站在床边，眉头紧锁，不停地原地走动。

护工阿姨简单介绍了情况。昨天下午五点多钟护士开始皮下注射PD-1，晚上九点钟结束，整个过程中你都很平静。但到了夜里十二点钟后，突然开始高烧惊厥，癫痫发作，身体抽搐，心动过速，很快就达到一百五十多下。她赶紧呼叫护士，主治医生闻讯也迅速赶过来，打了退烧和镇定神经的针剂，身上好几处都敷上冰块，各种急救措施都用上了，但始终没有效果。

此刻，病床旁心电监护仪的显示屏上，几条不同颜色的曲线上下抖动，数值不停地变化，看得我们心惊胆战：血氧饱和度不到七十，血压降到五十，心律接近一百九十，而体温也已高达四十一度多！

出现这种情况，也是主治医生完全没有料到的。他一夜没有离开，一直守在病床边，此刻满脸疲惫，两眼布满血丝。他一个劲地嘟囔：怎么会这样，怎么会这样！头几天刚刚做过 CT 和核磁，从图像看，并没有明显的进展。面对我们焦急的询问，他回答说：有可能是 PD-1 引发了免疫风暴，不过不应该啊……声音中充满了沮丧。这种疗法，他事先也是同意的，认为不会有什么风险，并且主动与肿瘤科进行过沟通。

我们目不转睛地看着你被病魔肆意蹂躏，心中仿佛被烙铁一遍遍地烙过。你的表情仍然是那般极端痛苦，哭泣一样的呻吟声一刻不停，迷离的目光偶尔从我们身上滑过，但我却怀疑你是否看见。妈妈紧紧握住你的一只手，弯腰低头凑近你的脸，哭着说"乔乔，爸爸妈妈都在你身边，你一定挺住！"你应该是听到了，颤抖稍稍减轻了一些。

那段时间有多长，我当时已经失去了感觉。时间在流逝，你的情况看不到有丝毫的改善。实在没有办法了，主治医生决定，马上送到重症监护室抢救。几位护士匆忙地准备着，快步将病床推出房间。出门的时候，我下意识地回头看了一眼，病床所在的地方已经变得空空荡荡。一个念头从内心升起来：这次你还能回来吗？

手术床进了电梯，要下到三楼的重症监护室。护士不允许我们跟着下去，也无法回到病房里，只好坐在电梯旁的长椅上等待。几个小时的高度紧张和焦虑，让我疲惫不堪。没过多久，手机响了，是一个护士的声音，说主治医生让我们马上赶到重症监护室。

我们匆忙地赶过去，走进重症监护室外面狭小的等待室里。里面坐着几个病人家属，或小声交谈，或一脸愁容，沉默不语。我忽然想到了你第一次手术那天，我在一楼大厅里等待时的心情。

主治医生进来了，说情况非常不好，能用的手段都用上了，但各项功能指标都跌到了最低，已经没有心跳了。看来没有办法了，要有准备。妈妈带着哭声说，拜托你们全力抢救，求求你们了！医生叹口气，摇了摇头，转身又走进去。

看着我们焦灼的样子，一位中年妇女问了一句：你家老人多大岁数？我没有回答。

几分钟后，主治医生又出现了。他一只脚迈进屋门，点点头示意我们出去。来到楼道里，他告诉说实施了电击抢救，心跳又有了，但估计维持不了多久。他转身又进去了。

一种强烈的恐惧感，在脑海中快速地膨胀起来。虽然这十四个月中，好几次都听到了死神的脚步声，最终都避开了，但现在不敢再抱希望。内心一个声音在说：这次，看来是真的了。忽然感到极度的虚弱，脚下快要支撑不住，赶紧后退一步，身子倚靠在墙壁上。

不到十分钟,重症室的门再一次打开了,主治医生第三次出现了,神色凝重。人已经走了,他说。

时间骤然停滞了。眼前一阵眩晕,大脑一片空白,耳畔嘈杂的说话声被过滤掉了,响起类似蝉鸣的声音,像是从遥远的地方传过来。在这中间,有一个微弱缥缈的声音在说:终于到来了。

我没有忘记去看一眼手机上的时间:上午十点零二分。

很快又切换成了主治医生的声音。他叹一口气:你们也都清楚,早晚都会是这个结果,没有办法,望节哀。他说着,递过来一页纸:马上要开死亡证明,请你们签字。

妈妈的哭声响起来。我喉咙发紧发干,鼻孔酸楚,眼镜片上蒙上了一层东西,看不分明眼前。

抢救室的门打开了。你躺在手术车上被推出来,身上严严实实地盖着一张白色的单子,要推到地下二层的太平间里。白色单子勾勒出了你身体的轮廓,隆起的是头部和脚部,凹陷下去的是躯干部分。

你终于摆脱了长达十几个月的病痛的折磨,从此彻底告别苦难。

呼喊穿透时空

在你患病期间，我们多次想象过你离去时的情景，因为早晚必须要面对。但它不应该是这样的方式。

一年多的时间里，我们曾经反复地安慰自己，虽然你现在备受折磨，但在生命最后的时刻，你会因为颅内压急剧增高产生脑疝，在昏迷中离开世界。这是脑瘤病人最为常见的死亡方式。你将无知觉因而也无痛苦，这是不幸中的万幸，也让我们在万般无奈中感到一丝安慰。

但没有想到，上帝却连这样卑微的愿望都不肯满足。在最后的时刻，苦难又重重地涂抹了一笔。

想到你离世前的一段时间里相对平稳的状态，我们不由得产生了这样的念头：这个结果会不会是注射 PD-1 导致的？越想越觉得有可能。为此，在你离开后好几天的时间，妈妈懊悔得要命，几乎是捶胸顿足地自责，不应该上 PD-1，那样你很可能还会多活一段时间。本来是为了延长你的生命，结果却是加速了死亡进程，谁能料到事情会是这般乖谬？

我一再安慰她，不能说这个决定是贸然做出的。围绕是否注射PD-1，事先我们可谓做足了功课。

针对胶质瘤的免疫疗法，近年来先后也推出了好几种，像PD-1、CAR-T等等，我们反复咨询过几位医生和专家，研读了很多资料，得知CAR-T有时候会引发免疫风暴，有一定危险性。而PD-1则被公认为是一种比较温和的疗法，常见的不良反应是皮疹、结肠炎、甲状腺功能减退等。比起服用化疗药的痛苦，这压根儿就不算什么了。这种免疫疗法，海军总医院肿瘤科做过多次，技术成熟，经验丰富。虽然放射科负责这一项目的主治医生也提到不排除产生不良后果，但那语气更像是手术前的风险告知，是在走程序，谈得更多更具实质性的内容，是治疗后针对不良反应的应对措施。

你离去几天后，我看到了医院出具的死亡会诊报告。报告很详细，行文充满了各种专业医学词汇，但简要概括所给出的解释，还是肿瘤本身的发展导致的心肺衰竭。临终前那数个小时中的抽搐、高烧、心律忽高忽低、血氧值大幅波动，都是肿瘤严重影响中枢神经的症状，完全无法控制。事后问起北医三院神经外科我们熟悉的医生，他也说到很难将死因归结为PD-1治疗。

我和妈妈这样来宽慰自己：即便这种疗法的确是适得其反，如果没有采用，你还可以多活上两三个月，但在这段时间内，不可能指望有革命性的手段出现，彻底将你治愈。那么，这样的活着，也无非是将延续几十天难以忍受的痛苦，也让这样的悲惨画面，再在我们面前重复出现多次。因此，即便它是罪魁祸首，在最终结果面前，其罪错也是可以谅解了。

这样的想法多少减轻了我们的自责，但难受感依旧。想到那天早晨，你拼命睁眼，大口喘气，喉咙中发出一种颤抖的哭声的样子，心里仍然一阵刺痛。后来听医生说，这只是你的自然的生理反应，其实从头一天晚上病情骤然恶化时起，你就没有清醒的自我意识了，因此在外人看来你极其痛苦，但其实你并未知觉。是这样吗？我很怀疑，但又希望是如此。

不过，再纠缠于这些并无实际意义了。

这么说来，我们两天前那次去医院，便是在你清醒状态下见到的最后一面了。

两天前，是六月一日。那天上午，我们去病房给你换电场贴片。近来疫情又有反弹，探视规定更为严格，几乎被完全禁止了。但因为这座医院从未接触过电场治疗，护士完全不会操作，因此对我们算是网开一面，允许进入病房，但要求换完后要尽快离开。按照治疗要求，每三天需要更换一次贴片，因此在这最后一段日子，基本上保持了三天见你一次的频度。

和以往一样，走进病房后，我们和护工阿姨一起，先将病床向上摇起，让你斜靠在床头上，再给后脖颈处塞上一个靠垫，尽量保持坐着的姿态。我到卫生间打了一盆水，将冷热水调和到合适的温度，端到病床前，妈妈将你头上的贴片揭下来，将毛巾浸湿后再拧干，小心地擦掉粘在头皮上的凝胶，然后再用专门的剃刀，把这三天中新长出来的一层发茬剃掉，直到头皮光亮，再用医用酒精擦一遍。

接下来才是最主要的程序，小心翼翼地将四个贴片外面的胶布揭开，分别贴在头皮上不同部位，将两对电极对好，再将导线捋顺拢齐。最后，用网套罩住头部。这是一个堪称精密的工作过程，丝毫马虎不得。虽然我们对疗效越来越不抱希望，但每次操作时仍然是一丝不苟。

熟能生巧，时间已经从开始的一个多小时，减少到如今的四十分钟左右。这个过程的大部分时间里，你都是闭着眼睛，昏昏欲睡，下垂的胳臂微微抖动，像木偶一样任人摆布，嘴角还淌出一缕涎水，过一会儿就要用面巾纸擦拭一次。

换完贴片，把病床摇下去让你躺好，妈妈先与你告别，走出病房找护士交代事情，我留下来等待。很快，听到妈妈叫我，说可以走了。就在我转身离开的时刻，忽然听到了一声清晰的呼喊——"爸爸！"

我扭头看去，你仍然紧闭双眼，但右臂抬了起来，悬在半空，不停地颤抖着，手掌指着我站立的位置。这让我很感诧异，因为最后这段时间中，你一直说话不清楚，像嘴里含着什么一样，但这次却十分清晰，和患病前的正常状态差不多。我俯身抓着你的手，感到抖动得厉害，超过以往任何时候。护士又在催促离开，我让她留意一下这种情况，然后对你说再见，过几天我再来。

当时我并没有多想，因为你其他方面情况还算平稳，而且大夫明确地说过，你还会有几个月的寿命。十多天后，就是你的二十九岁生日，我和妈妈商量过，如果那时已经回到家里，要好好做几个你最喜欢吃的菜，但如果还在医院，恐怕只能买个小蛋糕送进去了。

事后回想你那天不同寻常的举动，该是你预感到自己的时日已经不多，要和我告别？那一声急切而清晰的喊叫，那个直直地伸出手的动作，一定是你聚集了全部气力发出来的。

后来，我看到了那天留下来的几张照片和一段十几秒的视频，妈妈俯身贴近你的脸，你睁着眼睛，微笑着看着她，同样也是那一种疲惫至极、费尽气力的样子。

至今，我眼前时常浮现出那一幕场景，耳畔回响着那最后的一声喊叫："爸爸！"我们将近三十年的父女亲缘，都在这一声呼喊、在这熟悉的两个字中结束。在你的生命即将坠下悬崖之时，在死亡的边缘，你的这一声呼喊，是你抛向人世的一道绳索，是对父亲的最后的请求，是对生命无限的留恋。

将来的日子，不管我还能够活多久，不论我在哪里，耳畔都将会经常响起那一声呼唤，短促而清晰。我无法阻止自己去回忆，尽管每次想起时都伴随着内心的疼痛。它是命运深处的声音，穿透时空的阻隔，递送到我灵魂的深处，震荡不已。

一直到我生命终止之时。

挣扎

第三辑

回 忆

空虚如何填满

乔乔，亲爱的女儿，在我开始写下这些文字时，已经是你离开三个月之后了。

从发病到离世，长达十四个月的时间，不论是你住院还是在家里，每天都被焦虑、紧张和忙碌填满，已经成为一种常态。现在，这一切骤然结束了，我们一时间无所适从。仿佛快速奔跑时双脚突然停住，身体摇晃不稳一样，内心中也有一种恍惚感，一种不真实感。

你走后的第二天凌晨，醒来时的懵懂中，我的第一个动作，仍然是翻身下床，径直走进厨房，像过去几个月中一样。等打开灯，眼前瞬间变得明亮，才忽然想到，再也不需要准备送到医院的食物了。一切都已经改变了。

等到确凿地认识到变化的真实性并接受这一点时，又已经过了几天。但接受这种改变，也并不等于接受你离开。

你离开了，所有与病情和治疗有关的担忧、焦虑、期盼都消散了,然而另一种折磨却牢牢地攫取了我们。那是一种巨大的空虚感。

心情不再像过去那样,仿佛坐过山车,忽高忽低,一会儿被揪紧,一会儿又稍稍平复些,随着你的病情变化而起伏跌宕。如今,它更像有一次我在梦里经历过的情景:我脚下是一层厚厚的落叶,很松软,但每次踩下去都没过膝盖,拔腿时十分费力。我要去一个很远的地方,但落叶无边无际,一眼看不到头。

屋子里的物品摆设,与过去一年间没有什么不同,与过去十二年中的绝大部分时间也没有很多不同。朝窗外看,楼下小区的中央花园,旁边儿童乐园里玩耍的孩子们,斜望出去被绿树遮掩的昆玉河的一角,正前方远处的中央电视塔,都是多年以来的模样。但我知道,一切都变了。

空虚感并不是因为你的形体的缺位。

过去十几年里的大多数时间,你都与我们天各一方,但毕竟与如今有着根本的不同。那时,你是我们真实的牵挂,是念想可以抵达的目标。只要我们愿意,就随时会想到你,知道在万里之外,在遥远的大洋彼岸,在某个经度纬度交织出的区域中,你真切地存在着,有血有肉,是一个鲜活生动的生命。我们可以想象此刻你在做什么,上课还是睡觉,逛街还是就餐,在回家的地铁上,还是在健身房里。仅仅是想到这一点,就让我们感到踏实和慰藉,心里浮起一种愉悦。你的不在身边,实际上赋予了我们一种随时可以想到你的权利。

而且，这种模糊的愉悦感，也正变得日渐清晰。你马上就要毕业，所学专业就业前景良好，你有可能先留在美国工作一段时间。我们还有不多几年就要退休，将来会有更多时间去看望你，去了后也可以多住一些日子，不必像在职时来去匆匆。那样的话，需要考虑租房子住，为了生活方便，学习外语也是必要的。于是，种种筹划变得越来越具体清晰，同时在筹划中，愉悦也在生长。一些计划还化为行动，在你生病前的大半年中，我将扔掉了多年的英语重新捡了起来，在电脑上看多年前的经典情景美剧《老友记》，晚上散步时戴着耳机听口语对话。

但此后，这一切将不复存在。

这一点难以想象，更无法接受：你已经归入虚无。再没有任何蛛丝马迹，表明你与这个世界有着哪怕是一丝一毫的关系。天地间再也没有一点你的气息。你的声音，呼吸，说话的表情，走路的姿态，都只能去照片中找寻，在回忆中再现。曾经承载和存放它们的你的身体，已经化作彻底的虚幻，完全的空无，连空气都不是，连尘土都不是。

虚无。理解这个概念是一件极其困难的事情，情感和思辨，都无从附着和投送，仿佛隔着一重重浓雾的帷幕，眺望遥远湖水中的一个孤岛。每次试图思考它时，总是有一种十分虚弱疲惫的感觉，从四面八方围拢过来，无声无息地将内心淹没。

生养你为了什么？是生命的延续，是情感的寄托？说真的，对这个问题当年我们从来没有认真地想过。在你出生的二十世纪九十年代初，成立家庭后生个孩子，是一件天经地义、自然不过的事情，没有人认为需要进行一番思考。这与今天的不少年轻夫妻的深思熟虑，反复权衡，想清楚了再做决断，大为不同。

但有一点，却和今天的大多数年轻父母没有什么不同，那就是我们的理念并不传统，不曾想过将你一直留在身边，守着我们，给我们养老送终，这一点始终很清楚。与其说出于什么目的，不若说我们更在乎养育你的过程。你是一棵树苗，我们栽种、剪枝、除草、浇灌，看着它一天天长大长高，枝繁叶茂。这个过程让我们愉悦，生命也因而有一种完整圆满。

但你的离去，却将这一切打破了，撕裂了。

从此以后，我们的爱将无所附着，思念将无处寄放。目光投向之处，都是一片虚空。没有你的天地，对我们来说，仿佛一座没有飞鸟的森林，一片没有虫鸣的田野。

空虚裹挟了灵魂，仿佛身体被空气包裹。空虚在近处氤氲缭绕，也在远处弥漫飘荡。无时无刻，我们都与空虚相遇。坐卧之时，行走之际，空虚感都仿佛一股流体，充塞于肢体和动作中，能够感觉出它的分量和挤压。它有时仿佛是被虫子咬噬，陡然间带来一阵疼痛，但并不尖锐；有时又像是一脚踩在棉花上，因为失重而瞬间头晕目眩。

当然，任何比喻都只是替代和模拟。那种真实的感觉难以描述，只有亲历者才能了解其间的滋味，知道痛苦的真实形态，它的分量和质地，颜色和气味，它抓挠或者撞击灵魂的幅度力度。

因此，当你离开后，我和你妈妈双方最好的朋友打来电话或发来微信，表达震惊和哀悼，表示要来家里看望时，我们都婉拒了。他们都是可以信赖托付的人，他们的哀伤也是真切沉痛的。如果有可能，他们是愿意不惜代价来分担我们的痛苦的。但问题是，这种痛苦不是能够分担的。这是深藏于人性深处的密码，是至爱亲情的根本属性。外人最深切的哀痛，与身为父母者的体验相比，也仿佛只是透过一张半透明的描图纸看到的物体形象。

所以，唯一恰当的选择是独自承受。

任凭身体被空虚浸泡淹没，任凭灵魂飘浮无所依傍，承认自己毫无招架之力。在这种情形下，这是最自尊的做法。喋喋不休地向人诉说，并不能够祛除苦难。能够经由这种方式得到排遣的，不会是深沉的痛苦，只可能是无关紧要的负性情绪。因此，只有隐忍和等待，相信时间的力量，期待附着于灵魂上的疼痛，在时光流水的冲刷之下一点点地脱落，让沉重的压迫感不断地缓释、减弱。

想到了日本诗人小林一茶那一首著名的俳句：

> 我知道这世间
> 短暂如同露水
> 然而
> 然而

在引起转折的"然而"中,在转折却没有继续下去的欲言又止里,他想表达什么呢?是说尽管生命无常,但仍然有一些东西值得留恋,因此它们的消失足以让人感伤叹息?

我想不出别的解释。我知道的是,这首诗写于他的孩子夭折之后。

重叠的时间

亲友们安慰说，要节哀保重，日子还要过下去，时间最终会冲淡哀伤。我们也相信这一点。然而，那个给人带来安慰的结果，终究是属于将来的某一天，眼下我们注定了要受到哀痛的折磨。某些过程和阶段，没有办法省略或跳过。

回忆纷至沓来，无从阻拦，无所逃避。它的展开仿佛也遵循着由近及远的规则，最初的一些日子，浮现在脑海中的，大都是这一年中的情景。

在你走后，我每天在记下当天日志的时候，总是控制不住地去翻看去年今日的日志，看手机微信上那天与你妈妈的文字通话记录，看那一天拍下的照片和视频，还有你妈妈每天详细记下的日记，总之，是主动去寻找所有与你有关的信息。

我明明知道，这样做只会增添自己的伤感，与期待的结果背道而驰，明智的做法是避免去触碰它们，但无法做到，仿佛一位深度嗜酒者放不下酒杯。

有好几个月,我同时活在两种时间维度中。

七月三十一日。窗外雷电交加,大雨如注,阳台的落地玻璃窗上一片模糊,一阵土腥味随着雨雾飘来。眼前场景叠加上了去年的记忆。去年今日的那一场暴雨,也是突如其来。那一天,做完放疗把你推回病房时,大雨骤降。我没有带雨具,只好与多位病人家属一起,挤在内科楼病房小小的门厅里等待,忽然想到家里没关窗户,急忙冒雨跑向停车场,冲出去的瞬间身上就被浇湿了。

十月五日。又来到西郊玉泉山下的中坞公园,节日里游人明显多于平时。去年的今天,你刚做完第三次埋管引流手术,正躺在北医三院神经外科病房里。我们难以忍受屋子里的压抑气氛,来到这里透口气,在一处苇塘前面的石凳上坐下来。眼前的空地上,一群孩子追逐嬉戏,大声喊叫,几对年轻的父母守在旁边,轻松愉悦。秋高气爽,阳光明亮和暖,而我们心中却是愁肠百结,阴郁的情绪并没有得到多少缓解。

十二月二十日。这次随着时间一同切换的,还有空间。不久前,我们飞来两千公里外的海南岛,打算住上一些日子,改换一下心情。这几天气温都是二十四五度,热带植物阔大的叶子在阳光下熠熠闪光,听说此刻北京的最高气温只有零下五度。去年的今天,记得也是十分寒冷,我开车去海军总医院给你送饭,下车时不小心踩在马路边沿一块厚厚的积冰上,仰面摔倒在地,半天才爬起来。

…………

一个个场景画面，历历在目。那些逝去的日子，其实并不遥远。

还有众多的记忆，具体的日期已经模糊不清：一次次推着你去做 CT 检查，费力地控制住不听使唤的病床，不让它撞着旁边走过的人；拿着新取出来的 CT 胶片和检测报告给医生看，等待对方说话时，因为内心紧张，喉结不由自主地歙动；弯腰俯身在医院的病床上，对虚弱不堪的你说几句话，轻轻吻一下你的额头；在家里，扶着你做康复训练，手掌感受着你身体的颤抖，仿佛百爪挠心——这是你妈妈反复说起的一个词；为了促进血液流通，用掌心贴着你的双腿和双脚，上下轻轻捋动，皮肤下淡蓝色的血管清晰可辨，小腿因肌肉萎缩，瘦得用一只手可以攥住……借助日志和照片，当时的场景和心境被一一唤醒。

我在回忆时，把你的表情和动作分解开来，仿佛电影中的慢镜头一样。这样，一个画面在脑海中呈现的时间就很长，甚至比真实的过程还要长，还可以反复播放。在这样的时刻，空虚仿佛被暂时驱散了，填补上了实在的内容。通过这种方式，你仍然让我感觉到你的存在。你的消失了的生命，在我的记忆中依然栩栩如生。

而你妈妈的八本日记，更是为回忆的火苗提供了丰富的薪柴，让它燃烧不息。

不论是在医院陪床时，还是在家里，每一天，她都随时记录下你的病情和治疗情况,巨细无遗。几点睡觉,几点醒来,几时做雾化,做了多长时间,吃了什么和吃了多少,服药后的反应,大小便的次数和状态,等等,数不胜数。一点点改善和进步,就让她高兴万分:今天面孔红润;今天说不头痛;尿尿对接成功!血指标非常好!……感叹号折射出了她写字时的情绪。个别的时候,还简短地记录了心情:绝望,心情糟透了;一直要努,努到无能为力;对乔乔说妈妈爱你,她用英文回答:Me too。

这些内容,都记在一个三十六开的本子上,每天都有好几页,十几个月里,总共写满了八本。这些模样完全相同的本子,摞在一起足有多半尺高,封皮上写着数字序号,从一到八。

回忆往事是一种折磨,但在这个过程中,你的生命仿佛依然还在。仅仅这一点,就足以让我乐此不疲。凭借回忆,我就可以把过去一年多的日子重新再过一遍。虽然这仿佛将尚未结痂的伤口再次撕开,是痛苦的重温,但仍然有一种慰藉,胜过那种空空落落无所依傍的感觉。

开始时,我每天只看去年今日一天的记录,但不久就不满足了,一次会回看几天。这样,在这一年结束前,从你得病到离去的全部时光,将近四百个日夜,就像过电影一样,在脑海里回放了一遍。潜意识中,是不是也有一个念头,不想让这些回忆延续到明年?

与这些思绪并行的,是另外一条回忆的轨道。

它通向的是你得病之前的日子。时间感更为模糊了,不再有具体年月日的准确清晰感,更像是一些印象派的风景绘画,凸显出来的是环境和氛围。回忆中的那些内容,都是随机发生的,不期而至的,因为受到某种具体场景的触动,而使往事重现。

早晨走进卫生间洗漱时,想到了你假期在家的日子。起床后,你穿着长长的睡裙,披散着头发,一副慵懒的模样。你每天都要洗头,用吹风机吹干,时间拖得很长,你很享受这个过程。因此,在把你的遗体装进棺柩时,不多的几件将一同火化的随葬品中,就有吹风机。因为不允许将电器放入,便把包装盒上的吹风机图案剪下来,放在你的手臂旁侧。

午后的阳光,大片地洒落在阳台的木地板上。三只猫分别趴在不同的棉垫上,或者打盹儿,或者眯着眼睛仿佛在沉思。我想起你抱着最喜欢的掸子,用疼爱的、有点嗲声嗲气的声音叫着它的名字,亲吻它那毛茸茸的脑门;想起你在与家里视频通话时,总是忘不了让我们把镜头对着掸子,你要看上一眼。

打开电视机,音乐频道正播放着一组歌曲,好几首都是你当年喜欢唱的歌,时间流逝让它们从流行变成了经典。有的歌曲,过去只熟悉曲调,如今才从屏幕下方的字幕上知道了歌词。也是因为你,才知道了最早唱红了它们的歌手的名字。其中有几个人,我一直不知道是什么长相,如今看电视才对上了号。他们还在唱,比当年你听歌时肯定老了不少,而你已经不在人世。

亲戚朋友们打来电话,发来微信,劝我们不要待在屋子里胡思乱想,应该走出去,到大自然和人群中去,那样会分散一下注意力。我们也这样做了，但效果并不明显。眼前看到的种种互不相干的事物，都会让我想起你。

到最近的紫竹院公园走走吧。公园门口对着的紫竹院路，正是你初中三年间，每天骑车往返北京理工大学附中初中部的必经之路。三年后，你考进了这所中学的高中部，就在公园西面约两公里外。因此，一路上经常会看到身着这两所学校校服的孩子，眼前也就浮现出当年你这样穿着的样子。

这条东西方向的大街，到处都牵连着记忆。马路北边那家海底捞火锅店，是你每个假期回来后一定要去的地方，你说西餐吃腻了，要大吃一顿火锅过过瘾，而我也总是提醒你，少吃过于辛辣的东西，以免损伤了肠胃。马路南面、军乐团大门西边的那家粥店，是好几次在首都机场接上你后直奔而来的地方。经过十几个小时的长途飞行，你说只想吃些清淡的稀粥咸菜。再向东边走几百米，一家好利来蛋糕店，一家如今已经停业的咖啡馆，更是你去了多少次的地方。

偶尔去饭馆吃饭，坐下来点菜时，会想到当年许多个这样的场合，你总是最活跃，十分认真地翻动菜谱，煞有介事地问服务员菜品的味道浓淡。还想到你小的时候，有一次带你去南三环方庄的一家好伦哥餐厅吃自助餐，好像是三十八元每位，不限量，你放开吃，端着餐盘一次次地去取，吃得过猛了，出了餐馆后走不远就吐了。我们嘲笑你，还好是吐在了外边，要是吐在餐馆里，多丢人啊。

女儿，过去的一幕幕生活场景，在回忆中渐次呈现，铺展开来。如果不是你离去，我可能永远不会想到它们。也许这正是一种补偿。因为今后生命中再也没有你的丝毫信息，上苍便让此前多年中有关你的记忆，从遗忘的深渊中浮现出来，定格，放大，显微，加倍地还给我们。

有一些想法出现了，连自己都觉得怪异。

譬如，在很长一段时间里，每到一个地方，如果它是过去曾经来过的，总要忍不住地去回想，上一次来这里时，是在你生病之前，还是你生病之后？如果是生病之前，就会感到一阵悲伤。眼前的景色和那时一样，而彼时健康的你，如今却不复存在，形神俱灭。连接生和死的那一道桥梁，已经坍塌断裂。

你生病的时间，确切地说是你的病，成了一条看不见的分界线，将我们的人生分成两部分。分界线的两边，生活的风景，生命的面貌，判然有别，大相径庭。

灵魂有无

女儿,在送走你半个月后,终于鼓起勇气,收拾清理你的遗物。

虽然早就想这样做,但哀痛挟带着巨大的惰性控制了我们,什么都不想干,在煎熬中任凭时间流逝。知道将来会后悔这样虚掷时光,但没有办法摆脱。

每一件东西,都牵连着一段记忆。

这条米黄色的毛巾被,是你上幼儿园时就开始用的,妈妈用黑线在上面缝上了"乔乔"二字,因为手工不精,歪歪扭扭的。二十几年了,已经失去了棉质织物的舒服感,还有几处磨得薄薄的,手指头一捅就破,但一直留着,因为你喜欢,有时抱着睡觉,有时嫌枕头低,把它叠起来放在下面。如今,我们更是舍不得扔掉了,洗干净叠好,放入衣柜中的一个单独的抽屉里。

这个抽屉里,还放进了好几件你不同时期的衣服,是我们精心挑选出来的,包括一双小小的红色毛线手套,一件胸前绣着小熊的套头衫，一条宽大的蓝色羊毛围巾，一条白色的毛边牛仔短裤，一件藏青色的呢子大衣，等等。它们都曾经留下了你生命的痕迹和气息。摩挲着它们柔软的质地，心里隐痛阵阵。把它们一件件叠放整齐，仿佛关于你的一些记忆，能够借此封存起来，保留下去。

我们将一套白色的长衣裤，挂在你的房间门后的一排挂钩上。它们是你在海南时穿过的，那也是我们三人的最后一次旅游。旁边还挂了一个浅黄色的长方形纯棉布袋子，是读大学时的一个暑假，在一次参加向残疾儿童献爱心的活动时购买的，你出门总是背着它，已经背了好多年。当同龄的女孩子热衷于追逐名牌时，你早已经把目光投向了别处。

有一只棕色棉绒小熊玩具，你十分喜欢，时常把它捧起来贴在脸上。妈妈把它放在你的骨灰盒盖子上，把你用过的墨镜架在它的鼻子上，又在脖子上挂上了你戴过的一条细细的珍珠项链，还有一个小小的心形琥珀挂坠。

我们这样做，都是想让自己相信，你并没有走远，你随时能够回来。

这个世界上，死神的收割机开足马力勤勉工作，毫不停歇，每时每刻都有人死去。不要说普普通通的你，再了不起的名人，死了就是死了，新闻上报道一句，故交好友缅怀悼念一番，顶多热闹几天，然后很快过去，仿佛日历翻页，一切如昨。就像一首古诗里所言，"亲戚或余悲，他人亦已歌"。

不过你是非正常死亡啊,没有活到应有的寿命。

就算是吧,但这样的意外夭亡的悲剧,也是随时随地在上演着,"黄泉路上无老少,孤坟多是少年人"。每年夏天,新闻中经常会有儿童游泳溺毙的报道,车祸夺命、火灾丧生,则不分季候地发生着。至于因各种疾病而早逝的生命,更是不可胜数,在医院的死亡统计中占到了一个并非微不足道的比例。你的爷爷和姥爷,都埋葬在北京昌平燕山脚下的一座墓园里,他们的墓穴旁,相隔不远的几排墓碑之间,都埋着十分年轻的逝者。有一年冬天去祭扫,你正在家过寒假,也跟着去了,站在一个年轻女孩的墓碑前,感叹不已。嵌在墓碑上的女孩的彩色头像,青春洋溢,去世时正是你当时的年龄。世事无常,谁能想到那时为死者伤感的你,如今却变成了别人叹息的对象。

为了排遣痛苦,我让自己这样想:你的一生虽然短暂,但也充分体验过美好快乐。你在亲人们的呵护关爱下,生活得无忧无虑。你从小就受着最好的教育,你到过的国家比我们都多,你的经历足以让大多数的同龄人羡慕。在你活着的大部分时光中,你拥有和享受到了足够多的福分。

在即将开始新的生活时,你提前告辞了,这固然不幸,但也避免了一定会有的职场竞争、人际龃龉,以及人生中的种种困厄。与你年龄相仿的亲友同事们的孩子,不少人都面临着一种或数种窘境,或者工作不顺心,或者婚姻不如意,对于你这种与现实生活有些若即若离的天性,提前退场,反而得以告别了诸多烦扰和不如意？

但这样想并不能让我们真正释然。这个世界的逻辑不是这样的。不能因为冬日必然的衰亡，就认同春天意外的凋零。不能因为雾霾蔽日的阴郁，就装作忘记晴空万里的美好。

灵魂不灭的说法，这时便显现出了一种诱惑。

自小就受着唯物论的教育，从来不曾相信来世之说，但如今却愿意想象，有另一个世界存在。在与有类似遭遇的人接触时，发现他们大都也有这样的想法。中国古代南北朝时期的一位无神论哲学家，将肉体和灵魂的关系，比拟为蜡烛和火苗。有没有一簇火苗，在黑暗广袤的天宇里幽幽闪亮？

在绝望中寻求希望，这也正是宗教产生的根源，因为四顾茫茫，因为寻寻觅觅而看不见出路。只有想象它的存在，才能够给人一点安慰，仿佛浓重大雾中看到远方一丝亮光，允诺了道路的存在。哪怕它极其渺茫虚幻，也没有关系。

因此，理性上认为这个想法虚妄无稽，感情上却希望，宁愿有另一个世界。那样，我们就可以随时顾看你、嘱咐你，而这些关切也都能传递过去。想来是对于长久且稳固的观念而言，这个新的想法产生了某种干扰，因此当有一次正在这样想的时候，忽然产生出一种古怪的感觉，仿佛有一种意识从脑袋里逃逸出来，化为一个模糊的形体，端坐在头部上方，审视着正在思考的我。在那一刻我颇为平静超然地想到，所谓灵魂出窍，大概就是这种状态吧。

我的脑海中，反复播放着你离世时的一幕。

那天上午十点多钟，接到死亡告知后几分钟，你被从神经外科重症监护室推出来。我们揭开蒙着你的头部的白布单子，你的模样让我们终生难忘。你闭目微笑着，两个嘴角微微上翘，表情轻松安详，无忧无虑，仿佛生病之前的样子。患病一年多的时间里，除了为使我们宽心而有些勉强地做出笑容，你还不曾这样笑过。

那一刻，我想到了曾经读到过的濒死体验。

不止一人有过死而复生的体验。他们自己写下或由别人转述，描绘当时的感受，它让经历者彻底颠覆了以往对死亡的想象。在最后的时刻，身体旋转着飞速穿过一条长长的黑色通道，通道尽头隐隐有一道亮光。接近通道出口时，明亮和温暖的感受越发强烈，美丽的景色，动听的音乐，故去的亲人们的笑脸，周身被爱包裹的酣畅感觉，让人心旷神怡。你小时候，住姥姥家对门的阿姨，有一次犯心脏病险些不治，抢救过来后，也绘声绘色地描述过那种境界，并且宣称从此再也不害怕死亡。

因为这样说过的人不在少数，更因为最熟悉的人也亲身体验过，我相信这些描述的真实性。在最后的时刻，你一定也体验到了那种愉悦感。因为从此挣脱了病魔可怕的折磨，你的笑容中有真实的喜悦。

但这就能够证明灵魂的永存吗？有过这种体验的人，很多相信这点。但我更倾向于相信科学家的解释，这种奇异的生理感受，不过是特殊情形下的脑电波异常反应，终究还是一种生物物理现象。

你离去后第三天，已经去看护别的病人的护工阿姨，打来电话，说她头一天夜里梦见了你。梦境中，她正在病房里忙碌，一抬头看到墙角处站着一个人，微笑着，十分恬静愉快的样子。开始时她并没有认出你来。你叫了一声阿姨，说我是乔乔，我病好了，不难受了，现在我担心爸爸妈妈，麻烦阿姨替我照顾好他们。她答应着，起身上前去拥抱你，你忽然消失了。她一着急，叫出了声，惊醒了旁边陪护的病人的女儿，问她出了什么事。

如果按照民间的说法，这是你在托梦吗？

最后的半年，阿姨寸步不离地照护你，关心备至，你最有理由将心事告诉她。因此，这样的梦完全符合逻辑，看不出有什么不自然的地方。那简洁的几句话，也是你说话的风格。所嘱托的内容，也有据可查。我想到了去年七月份，在你住院放疗期间，我有一天与你通电话，你听出了我的焦虑不安，安慰我说：老爸，你一定要好好的，你好好的，我才能好得快。

那么，即使只是为了符合你的愿望，我们也应该好好活下去。在痛苦与沮丧中，我用这个念头给自己打气，让自己振作一些。我没有料到的是，这个念头竟然产生了几分效果，既往尖锐的刺痛感，变成了可以忍受的钝痛。我受到鼓舞，仿佛从一片每日行经因而熟视无睹的田野间，发现了一条新的道路，开始审视过去不曾细察深思的说法。

于是，除了佛学书籍，我还杂七杂八地读了一些文章，譬如一些号称科学前沿的理论，像平行宇宙、量子纠缠……它们艰涩难懂，某些说法闪烁其词地暗示着灵魂与神的存在。但我仍然难为所动。让一个大半辈子真诚信奉唯物论的人，为了获得一时的内心慰藉而改弦更张，并不是一件容易的事。因为这一切都无法给予确凿的证实。

这是痛苦的根源：我无法让自己相信，死后还会与你相聚，无法将此生近三十年的陪伴，看作只是一场序幕，一次预演。

不过也并不是完全没有作用。与以往不同的是，有一种观点吸引了我：灵魂无法证实，但同样也无法证伪。这是科学研究推导出的结论，有其逻辑的严整周密。或者不如说，我愿意相信它的逻辑推衍。不管是哪种情况，都能带来一些安慰。既然无法证伪，也就埋下了一个希望，允诺了某个模糊的可能性，仿佛在四周铁板一样的合围中留出了一条缝隙。

迄今为止，这已经是我的思考所能抵达的最远边界了。我多么希望能够再向前迈进一步。

六月十八日夜，你走后的第十五天夜里，准确地讲是接近黎明时分，我第一次梦见了你。

我做梦一向记不清楚，大多醒来后就忘记了，但这次却要比平时鲜明得多。梦里的场景，开始是在一个小城或者小镇，似乎是来这里办什么事情。你还是两三岁时的模样，坐在一辆童车上，微笑着，安静乖巧。一位四十多岁、面容模糊衣着朴素的保姆,推着你向前走。脚下的道路又变成了乡间土路,两旁是高大的树木,还有一道闪着波光的河流,感觉十分凉爽舒适。环境和房屋样式,都仿佛是我度过童年的华北平原村庄,但路边的地名牌却显示是在武汉一带,而我们要去的前方是成都。

在朦胧的梦境中,这两个地名却格外清晰,颇为奇怪。莫非那里是你要托生的方向?但不应该这么快。按照藏传佛教的说法,人在死亡后七七四十九天内,是中阴身,还在不确定投胎何处的时期。

你读初中时有三个最要好的女同学,你们四个人总是形影不离,自称"四人帮"。你离世三个多月后,她们中的两人陪同我们去了一次南戴河海滨,其中一个带着她两岁的儿子。我曾带着男孩在海边沙滩上堆城堡,乘坐所住园区的通勤观光车,还看了当地一所马场里饲养的矮种马。

想来应该与此有关,当天夜里我梦见了你。你也是男孩这么大的年龄,短短的头发,穿着小背心小裤衩,蹲在当年姥姥家门前的小花园里玩土,不但模样很清晰,触摸你皮肤的感觉也十分真切,我在旁边看着,心中有一种特别的欣喜感。后来,梦中的场景转换了,变成了你坐在一辆送快递的小车上,要去看病,睡眠中心情也一下子变得极为难受。梦境中,交织着真实和虚幻,过去和现在。

妈妈睡眠一直不好,你患病期间就更是每况愈下,十几个月里,她每天晚上靠着服用安眠药,才能勉强睡上三四个小时,前后一共吃了四百多片。北京和纽约有十三个小时的时差，这边的深夜，正是那边的中午。过去多年中，她经常在这个时间给你发微信。你离去已经很久了，但有好几次，到了夜里十二点左右，在快要睡着的恍惚中，她又想到给你发微信，点开你的头像，才意识到那一头永远不会有回音了。这样，整个夜晚就再也无法入睡。

但她仍然继续发微信给你，虽然知道不会有回应。听到一首你喜欢的歌，看到一组有趣的猫咪照片，或者某个你感兴趣的话题，她都会转发给你。每到节日，更是要发上祝福的图片。

因为陷溺于对你的思念，妈妈甚至做出了一些异乎寻常的事情。她偶尔在"拼多多"上购买一些小商品，有一次浏览页面时，看到一个名为"乔乔"的人正在等待拼买一样东西，她想也不想就跟着拼了一单，过后才意识到那样东西她从来都不需要。我们到海南旅游散心，在一个观光点，一间大厅里放了很多件根雕，我们漫不经心地边走边看，妈妈忽然停住了脚步，目光专注地盯着一个地方。我问她有什么可看的，她指着一截女孩头像样子的树根说：你看，多像女儿！这时距你离去已经有半年了。

她更是不止一次地梦到你。在你去世约两个月的时候，她有一次梦见又去找医生。一直到那个时候，她仍然为PD-1是不是加速了你的死亡而纠结不已，并且还在留意这个病的最新医疗进展。这一次，医生说你的病有办法根治了，让下次把病人带来。她大喜过望，但很快意识到你已经不在了，立刻被巨大的悲伤淹没，在梦中哭醒了。

随着时间流逝，她的梦境也发生了变化，再出现你时，大都是母女一同去旅游、逛商场等，梦中她的情绪也变得平静，似乎你仍然活着。梦是心情的曲折反映，那么，这或许说明了内心深处已经逐渐接受你离去，虽然无奈。

我们不会刻意地追求去梦见你，但相信，今后你会断断续续地走入我们的梦境。你将近三十年的生命，有太多的内容，可以随机地潜入我们的大脑皮层，在浓稠夜色的孵化中，化作看不到的脑电波，催生出一个个色彩各异的梦境。

遥远的声音

女儿,你走了,把记忆留给我们。二十九年的漫长岁月,恰恰是我们迄今生命长度的一半,沉甸甸地压在我们心上,一呼一吸都感觉到它的重量。

生与死,相互呼应,彼此映照。我想起你最早来到人世间的时刻。

西直门北京大学人民医院的夏夜,我在妇产科手术室外面的走廊上,不停地来回走动,内心忐忑不安。那一天下午,你妈妈开始腹痛,很长时间没有好转,反而越来越厉害。猜测这是临产前的征兆,虽然离你的预产期还有一个半月。不敢耽误,急忙打了一辆黄色面的,来到不到两公里距离的这家医院。因为离家近,事先就确定来这里分娩。一位女医生检查后,说羊水已经破了,要马上住院,今天夜里就会生产,最迟不会晚于明天黎明。

医生递过来一张知情同意书让签字,上面列着分娩中可能出现的各种危险情况,并语速很快地复述了一遍。虽然知道这是正常的告知程序，但还是有一些紧张。记得就在手术室门外的一张桌子上，我签下了自己的名字，握笔的手有一丝颤抖。

那时来医院就诊的人远没有今天这么多。记得夜晚的走廊里空荡荡的，只有我一个人。那时我还吸烟，当护士推开门告诉我你诞生的消息时，新买的一包香烟已经抽完了半包，我至今记得是"喜梅"牌，烟标是一只喜鹊，踩在一截缀满了白色梅花的树枝上。我看了一眼手表，指针刚刚走过晚上十点半钟。

一直到护士告知之前，我都以为你是男孩。当时特异功能之说还很有市场，我认识一个中医医师，据说练气功通了天眼能透视，还有一个老乡，自称研究周易功力深厚，会算卦占卜。你妈妈怀着你时，一个人见过她，另一个人则问过我们两人的出生时辰。他们都说你是男孩，口气中有祝贺恭喜的意思。三人成虎，我也接受了这种说法。当护士报告说母女平安时，我自然感到意外，但随即心中泛起一种强烈的喜悦。那一刻证实了我脑海深处真实的念头，是更希望你是女孩。

姥爷姥姥一直未睡，焦急地等待消息。得知生了个女孩，姥爷高兴得大笑。他一直说，有三个女儿是他一辈子的福气。第二天一大早他就赶到医院，无法进入新生儿病房，就隔着窗户玻璃，央求护士指一下哪一张婴儿床上躺的是你，然后走到妈妈住的病房门口，笑呵呵地鼓掌。这给也生了女孩的邻床产妇壮了胆，指着姥爷让坐在旁边的婆婆看。婆婆本来一心盼望得个孙子，未能如愿，脸色不怎么好看。

回忆　155

因为早产，你发育尚未完全，得了新生儿硬肿症，部分皮肤和皮下组织出现肿块。妈妈先出院了，你被留下来，放在新生儿护理暖箱里，进行复温治疗。医生嘱咐要尽量让孩子吃母乳，你妈妈就将奶水挤出来，放在一个长圆形玻璃瓶子里，每次都不足半瓶。我把瓶子放进保温杯罩子里，急忙骑车送到医院。记得把奶瓶递给护士时，她用一种嘲笑的眼神盯着我，好像是说怎么这么少。

验明身份后，我能够走进放着护理暖箱的房间，看你几分钟。有几个外表完全一样的暖箱，摆放在不同的位置，但我第一次就径直走到你身旁，并没有看贴在上面的姓名标示牌。这莫非是出于一种心灵感应？你躺在透明的保护罩里，四肢像在母体中一样蜷曲着，肚子上裹着白色纱布。我敲敲暖箱上面的有机玻璃盖子，你有了反应，拼命睁开眼睛，斜着看我，一副很不情愿的样子。

你在暖箱里躺了半个月。我最后一次来看望时，医生说可以出院了。本来家里人商量好了，等你出院的时候找一辆车来接。但我忽然临时起意，觉得离家不远，你又是那么轻，也没有什么别的东西，干脆直接走回去，给家里人一个惊喜。于是在很快办完出院手续后，我独自一人抱着你走出了病房，走出医院，来到外面的大街上。但事后我又有些后悔，觉得这样做未免太随意了，没有一点仪式感。因此在很多年后，当一个晚辈亲戚说起，他的孩子出生后回家时，全家三代十几口人等在医院门口迎接，我想到当年的这一幕，心里陡然间涌上一阵悔疚。

那一天是个多云的日子，还飘着几滴雨，若有若无。我用左胳膊抱着你，臂弯很轻松地拢住你小小的身体，右手举着一把雨伞，自东向西走在车公庄大街南侧的人行道上。那时，这条大街上车辆和行人都还很少，仅仅数年后，官园批发市场的兴起，让它短时间内变得车水马龙，无比热闹。迎面走来的人，用一种奇怪的眼神看我，想来我的样子很是让人生疑。我却很有几分欢喜和得意。一路上，我牙根痒痒的，好几次伏下头，吻你鼓鼓的小脸蛋。你闭着眼睛，一直睡得很香。

因为早产，你出生时体重只有五斤四两。妈妈奶水不足，只能靠吃奶粉，记得买的是当时最贵的一种叫作"力多精"的奶粉。开始的一段时间，因为没有经验，每天喂得都不够。两次带你回医院做例行检查，体重都不达标。有一天，住在楼上的一对年轻夫妻来敲门，说上下楼经过门口时老是听到你在大哭，想问问是怎么回事。他们也有个孩子，只比你大半岁。得知喂食奶粉的次数和数量后，说太少了，孩子哭是被饿的。做了调整后，你的体重很快就增加了。

不知不觉你满月了，该起名字了。我调动自己中文系毕业生的知识储备，一心想起一个好听的名字。开始我想到的是"贻彤"，取自诗经中《邶风·静女》里那一句"静女其娈，贻我彤管"。"彤管"有几种解释，一个说法是红色的管草。我依照这个意思起名，你仿佛上天赠给我们的一棵小草，灵动可爱。有一天和岳父母全家人在一起，饭桌上说起来，家里人觉得不错，但又说这几个字连读起来过于响亮，像在叫喊。我当年学的专业是语言学，语音学是其中的重要内容，你名字的三个字都是阳平，四声中的第二声，上扬的声调，想想他们的说法也有道理，就没有坚持。看来专业的影响还是潜移默化的。

我还想到"天禾"，这个名字是受到作家苏童的启发，他给女儿起名"天米"。实际上和前面是一种相同的思路。天地之间，田野之上，一株禾苗在生长，柔弱美好，惹人爱怜。这个对比感鲜明的画面中，有我对女孩子的理想化的想象。但这次首先反对的是太姥姥，当时她已经九十多岁了，但头脑一点儿也不糊涂，反应敏捷。这两个字，她用家乡湖南湘潭口音念起来，就变成了"天祸"。

最后定下的名字乔亚，听起来带一些洋味儿，但与那个来自法语音译的"布尔乔亚"并没有什么关系，虽然也有人这样问起过。它主要来自三个字的读音，觉得有某种宛转抑扬的美感。声调里既有升调也有降调，念起时口型的张合收放中似乎也有一种惬意的感受。

在你长到几个月时，我们搬到姥爷姥姥家住，老人帮着照顾。不知是不是与早产有关，那一时期你哭闹得厉害，晚上入睡很困难，把你哄睡着是一个复杂动作：我一边抱着你不停地走动，一边按照一定的节奏拍你的背，同时嘴里还要哼唱着歌谣作为催眠曲。太姥姥也来帮忙哄你，拍着手，哼着一首湘潭儿歌，头几句是:"咚叮咚,叮咚叮,湘潭街上唱大戏。""街"读"该"的音。但另一首,我至今不清楚都是什么字,只能记下读音:"猴子猴,俩骨头,猴子红屁眼。""眼"的读音是"ai",发第三声。

看着你已经睡着了,轻轻地放在床上,不料你忽然又醒了,响亮地哭起来。你的嘴张得圆圆的,粉红色的舌头连同喉咙都在颤抖,脸上是大滴的眼泪。于是只好又抱起你来,从头开始。那段时间,看到电视上有一次失败的商业卫星发射,电视直播中有运载火箭升空后爆炸的画面。因此,如果你成功睡着了,我们就说"发射成功",否则就是"发射失败"。这成了家里人彼此之间才明白的话,像是接头暗号一样。

这些是最初的记忆。你生命中最早的日子,那些距今已经十分遥远的时光,充满了各种声音。

接下来的几个记忆画面,围绕着一张能够打开和关上护栏的儿童小木床。护栏两端的顶部斜着拴了一条细绳,挂着一个小巧的棉绒熊猫玩具,你躺在小床上盯着看,高兴得四肢不停地踢蹬,嘴里咿咿呀呀;你长大了一些,会坐在里面玩自己的手了,问你"树怎么摇",你举起一条胳膊,轻轻地左右摆动,再问你"鸟怎么飞",你将两只胳膊举到胸前,两个手掌叠在一起,做出鸟扇动翅膀的样子;你更大一些了,能够扶着栏杆站立了,你经常伸出小手,说"爸爸抱抱,妈妈抱抱",口齿十分清楚,发"抱抱"两个音的时候,嘴唇噘得圆圆的,仿佛在吮吸什么。

时光飞逝,在回忆中就更是大幅度地跳跃。仿佛电影里的蒙太奇手法，相连着浮现在脑海中的几个画面，前后之间其实已经隔开了半年一年，甚至更长时间。譬如说，我把你举起来，放在窗台上"看身材"，怎么也是半年之后的事情了吧？你胖胖的身子站不直，直朝下坠，我挟着你的两边腋窝，不让你滑下来。你盯着我看，眼睛一眨不眨，因为离得太近了，你脖子慢慢向后仰，后脑勺都碰到窗玻璃上了，忽然间飞快地伸出手，一把抓下了我的眼镜。我没有想到的，是你还记得这些，并在一篇写猫的文章里，谈到了这个记忆。书上说儿童开始有记忆是在三岁以后，但那个时候你也就一岁多。

记忆里还点缀着不少有趣的场景。

你一边摆弄玩具，一边念着一首儿歌："小花猫，上学校，老师讲课它睡觉，左耳朵听，右耳朵冒，你说可笑不可笑。"念完了，你总结式地补一句："不可笑。"

姑姑家的表弟比你小三岁，我们给姑姑打电话时，你常常夺过电话，恳求姑姑带弟弟来家里玩。每次和弟弟见面，你都开心得像过节一样，两人玩得昏天黑地，到了分别的时候，又可怜巴巴地请求再多玩一会儿，甚至紧紧抱着弟弟不让他走，哭得眼泪乱飞。

一位在京工作的老家侄女，她的女儿和你同岁，但按辈分你是姑姑。你们坐在床上玩玩具，玩得高兴了，你唱了一首歌，问好听不好听，满心期待听到表扬的话，但对方却说不好听。你又唱了另一首歌，满怀希望地又问一遍，那孩子也有意思，还是说不好听。你急了，一把将她推下床去。

后来上了幼儿园，就在家门口。那几年，你活泼好动，笑起来经常前仰后合地控制不住，直到打嗝。打扮得也像个男孩子，短头发，夏天爱穿背心和短裤。记得上幼儿园中班时，西城区体委来挑选参加游泳班的孩子，你被选中了，每周有两三次，放学后去月坛游泳馆练习，都是我下班后开车送你去。你在车上就着急地脱光衣服，换上游泳衣。在泳池里，你时而蛙泳，时而仰泳，动作轻松自如。曾经担心早产会影响到你的身高，但有一次游泳馆给小学员们检测骨龄，教练说你能够长到一米七三左右，让我们心里踏实了。

那一年带你去深圳旅游，住在叔叔家。那时叔叔刚结婚不久，你很喜欢婶婶，真心地讨好她，小尾巴似的跟着她身后跑来跑去，问她说你长得这么漂亮，怎么嫁给叔叔了？婶婶说，我不嫁给你叔叔，咱们两个怎么能认识呀？你说，反正现在咱们已经认识了，你离开他也没关系了。这件事此后很多年中被家里人当作笑谈。

更多的记忆，大都是由当年的照片引发的。收拾整理你的物品时，这儿那儿，翻出了不少照片，有放在大小形状不一的照相簿里的，也有随意地夹在书本里、塞进信封中的。那时候，手机还不普及，功能也单一，照片基本都是相机拍摄的。你过两周岁生日，用手抓蛋糕吃，双手和脸上都沾满了奶油；你站在公园亭子边的照相点上，身着一身小小的旗袍，当时一部清宫电视剧正

回忆

在热播；你坐在钢琴凳上，两条小腿半悬着，不情愿地弹着琴，扬起脖子做出怪模样……我已经说不清楚它们的时间顺序，童年岁月是一片模糊闪烁的光影。

所有这些记忆，其实都平淡无奇，零碎琐屑，没有什么特别值得言说的地方。在每一个为人父母者的记忆中，子女的孩童时期，这一类好笑好玩的故事，都能找出一大箩筐。但因为你是我们唯一的孩子，更因为你已经化作虚无，它们便具有了特别的意味，弥足珍贵。只有它们，能够证明你曾经来过这个世界，曾经在天地间留下过自己的一点痕迹。

今后，不论还有多少属于我们的岁月，不论我们走到哪里，都再也不会寻觅到你的一丝气息，然而这些记忆却能够证明，你确实曾经属于过我们，我们确实曾经拥有过你。

这就是我要写下来和记住的理由。

杯子上的笑脸

我记着你的成长。

记忆的脚步踩着时光之路向前行进，时而缓步慢走，时而疾行跳跃。过往的日子大多数如同浓云密布的天空，看不分明。但在某一些时刻，却像云层中扯过一道闪电一样，倏忽之间，照亮了一桩桩往事。

在你身上，女性生命蓓蕾的初次绽放，是十一岁多，在一次与亲戚们的聚会晚餐上，地点在颐和园西北面的一家餐馆。你说去卫生间，半天才回来，脸上挂着一种有些怪异的笑容，走到妈妈身边，凑近她的耳边说了句什么，俩人一同走到门外。等你们回来重新坐下后，妈妈悄悄地告诉我，女儿来月经了。饭桌上，你表情有一些羞涩，看不出明显的惊慌，应该是你明白自己身上新出现的这种生理变化。

但我当时却忽然感到鼻腔一阵酸涩，几乎要流泪。那天晚餐结束后开车回家，一路上我没有说话，一种伤感的情绪在内心久久地涌动。这是你生命的一道分界线,此后的日子,无论如何都与以往不一样了。随着青春期生理变化而来的性别意识的增强,生命意识的萌发,将会改变许多。虽然清楚这一天一定会到来的,但当它降临时,却觉得还是早了,很有些不情愿。在许多父母的潜意识里,总是希望孩子一直是小时候天真烂漫的样子。我意识到自己也是如此。

在那之前几年,我们就离开了小时候住的西城区,搬到了南城,住在南三环木樨园一带。那一带各种批发市场密集,街道杂乱拥挤,新建的楼房之间隔着一块块的菜地,长途汽车站里进出的外省车辆川流不息,马路边站满了等待雇主的农民工,一条每到夏天就发出难闻气味的被严重污染的小河……这些都是关于那时的环境记忆。

五年的时间中,你的角色是小学生,学校在五公里之外,每周五天里,我与楼下邻居搭伙,轮班接送你和他家的儿子上下学。周末则带你参加各种兴趣班,像去离家不远的新世界商场,学习素描和室内溜冰等。此前我对别的家长这样做曾经不以为然,但轮到自己身上时却并无两样。有两年之久,带你去学钢琴,先后有两位年轻女老师教过你。一位是胖胖的北京姑娘,师范学院音乐系毕业的小学音乐教师;另一位是纤瘦的西安女孩,中央音乐学院钢琴系的高年级学生。还有一段不算短的时间,送你到官园旁边的北京青年宫学剑桥英语,一次就是半天。等候的时间,我就去旁边的一个新华书店的批销中心,前后买了不少折扣幅度很大的图书。

记忆中的其他画面，就更是杂乱零碎，彼此之间也分不出时间的先后。看着你在楼下空地上练习滑板车，带你到附近一座体育馆学打羽毛球，去临近的方庄小区一家便宜的川菜馆吃饭，门口矗立着一条帆船的造型……一定还有不少有意思的事情发生过，但二十年后回忆起来，横亘在中间的漫长时光已经把大部分内容都遮蔽了。

所有这些，与前面提到的童年记忆具备同样的性质：一个普通的生命，曾经在这个世界上，留下过真实而微不足道的印迹。

在南城住了五年后，又搬到了现在住的地方，唯一的原因是你要升中学。北京城区教育资源分布不平衡，当时住的地方属于丰台区，好学校的数量远不如海淀区。那时京城房地产市场方兴未艾，各处楼盘纷纷开工，我们便在周末休息的时候，开车去看海淀区的在建楼盘，发现了这一个刚刚建好的小区，周边有几所不错的中学，于是很快就交了定金，然后是贷款及向家人亲戚借钱，凑齐首付款，赶在秋季入学之前，把家搬了过来。

有一些情形，会让你感觉到时间的流逝并没有带来什么变化。隔了二十年后，年轻的父母们在确定将家安在何处时，孩子的学习仍然是优先考虑的因素。你姨妈家的表哥表嫂，孩子还在上幼儿园中班，就开始寻找合适的学区房了，我们也陪同看了附近的二十几套二手房，其中有几个小区，和我们住的地方是同时建的，当年看房时曾经带着你一同进去过。

回忆

此后时间又走过了四年。对你来说，是三年的初中和一年的高中。两所学校离家都是两公里左右，初中在东边，高中换到了西边。每天，你早早地骑车上学，我们则匆匆地赶去上班。每个人都忙着自己的事情。日子平庸而且重复，记忆中的内容也就单调枯燥，仿佛多云的天气里洒落的阳光碎片，浅淡闪烁，缺少具体的形状和质感。

高一读完后，你去美国留学。你离开的日子，北京奥运会正在如火如荼地进行着。

留学的想法最早是你主动提出的。这让我如今在寻思可能导致你患病的种种原因时，每当后悔送你出去，想到这一点，心里的自责会减轻一些。

初中毕业那年的暑假，姨妈带着你参加一个游学团去日本，接待方团队里有一个年龄大你两岁的日本女孩子，你们用英语交流。她正在美国读高中，这次是来做假期义工，她给你详细地描述留学生活，你动心了。回来后，你主动说起来这件事情，表示很羡慕。我们当时并没有当回事，妈妈甚至怀疑你有这样的想法是为了逃避高考，当时的你已经开始显示出青春期的某些叛逆迹象。

但半年后我们改变了主意。姨父的妹妹，与你妈妈姐妹几个的关系很亲密，出国十几年后，她带着美国丈夫回国过春节，餐桌上他们说起，现在有越来越多的中国孩子出去读高中，如果乔乔也愿意，我们可以在生活上给予照顾。这样，我们有些动心，开始了解有关情况，发现身边这样的事例原来也有不少。毕竟，从当时的情况看，从教育理念到实际水平，美国的确都要高于我们。与普天下的父母一样，我们也希望你能够受到更好的教育。于是这事就确定了下来。经过留学中介，很快选择了宾夕法尼亚州的一所私立高中，离亲戚家不远。

这里面还有一个插曲。你还在上幼儿园大班的时候，有一次我去住在附近的一个朋友家，家里还有一位客人。朋友介绍说此人有特异功能，能够预知未来，有什么想了解的事情可以问他。朋友的神情和语气，都是深信不疑的样子。我便报上了你的名字生日等，请他预测一下你下一步上学的情况，他做出凝神沉吟的样子，半天后说这孩子会在十六岁时出国留学。我原本问话也只是出于礼貌，对他的回答也并没有当真，觉得不过是信口开河而已。此刻忽然想到这一幕，一时有些恍惚，莫非果然有些事情，是冥冥中注定了的？但这倒远远不是同意你出去的最终理由，关键还在于我们不怀疑你的适应能力。

然后就是几个月后，首都机场的送别。从此之后，你成了一顶风筝，飘飞在万里之外的异域，而我们是牵着那条风筝线的手。你从每天在眼前晃动的可触可感的形体，变成了脑海中萦绕的一个影像。

不久前，我在清理电子邮箱时，发现还保留了十多年前的几个邮件。其中有一封，日期是二〇〇八年九月上旬的一天，那时你到美国还不足一个月。你遇到了问题向我求助，邮件是这样

写的:

> 学校布置了一篇作文,题目是《现实生活中的规则限制影响人们对理想的选择》。我想写的是:"理想和现实看似是完全对立的,其实相互依存。现实是理想的基础和载体,而理想则帮助现实变得越来越好。不要被两者之间的区别束缚住,应该让它们最大程度地接近对方,这样才会使生活充满希望而不是停滞不前。"你觉得怎么样?现在我觉得思路是有了,但就是不知道怎么论证自己的观点。你有什么好例子,或是名人名言?望你能帮忙。
>
> 谢谢!

这种抽象性很强的题目,对你这个年龄的孩子来说的确不容易。你怎么去理解都情有可原。我是这样回复的——

女儿:

我觉得你表达的这个意思,和这个题目"现实生活中的规则限制影响人们对理想的选择"所包含的意思似乎有些出入。我理解,题目是想说,生活中有一些规则,影响到人们理直气壮地选择某些理想。比如说,社会上多数人可能不认为当园丁是一个好的职业,如果有人因为喜欢和花草打交道，从心里愿意当园丁，但考虑到人们的评价，他可能也不会很骄傲地宣布他的理想是当园丁。

如果是我这个意思，我下面就想表达这个观点：不要顾忌别人怎么说，要听从自己内心的声音。你可以举美国人都熟悉的那个写《瓦尔登湖》的梭罗的例子。大家都在拼命地挣钱，他却在林中湖畔住下来，过简朴的物质生活，享受大自然，沉思默想，精神生活却丰富而快乐。你还可以说有个性的人多数都不受世俗规则的限制。

你觉得如何？

你的这封邮件有个标题：我快崩溃了。你很少有这样的表达，可见你当时感觉到的压力巨大。我想象得到，那时你新来乍到，面对的是全新的环境，陌生的人们，还有语言障碍，思维方式的差异，肯定会让你高度紧张焦虑。但这样的求助，也只有这一次，该是后来你对新的生活熟悉和习惯了。渐渐地，连邮件也发得少了。

异域的三年高中，大洋阻隔，对于我们来说就更显得陌生。看那几年里你发过来的照片，你在电子邮件中对功课和各种活动的介绍，以及听你寒暑假在家时的描述，你过得很是快乐充实，新的生活的魅力充分展现在你面前。但如今追忆起来，我们却只记得一些零碎的花絮。

你说有一天早晨,在学校的教堂里做完祷告过后,老师指着放在墙角处的一架钢琴,问谁能上去弹奏。你说美国同学很少有人学过钢琴,你看我我看你半天没有反应,于是你走过去,一连弹奏了几首小夜曲,大受欢迎,你得意地说把大家镇住了。

换了一种语言,你的作文特长仍然未受影响。你的好几篇英语作文得到了老师的称赞,在课堂上念,让那些在母语环境中长大的美国孩子学习。

青春期的情感萌动,也一样降临在你身上。你说过一位韩国男孩对你有意思,又害羞又执着地一次次找你,烦人;学校棒球队里一个波多黎各帅哥让你着迷,为此你专门申请当了球队的"经理",了解情况后我们大笑,原来就是给球员递毛巾送饮料的,这样能够近距离地接触他们。

有一年的感恩节假期,校长邀请你到他家里过节。校长同时担任一门"美国政治"课程教师,表扬你读书多,善于思考,很喜欢你。从学校一直向北,穿越宾夕法尼亚州,几个小时的车程后,才到达位于纽约州一座小城中的他的家。那几天里,校长还专门开车带你去看了附近的两所著名的文理学院,因为几个月后你就该申请大学了。美国申请大学需要推荐信,校长主动说他会给你写一封。

你发来一组照片给我们看。你与校长的三个女儿住在阁楼上,地板上堆放着各种绒毛动物玩具。你与校长全家人站在房子前合影，旁边还有一条大狗。校长的岳母独自开车，从更南边的弗吉尼亚州赶来过节，笑眯眯地与你交谈，记得你后来写过一篇文章寄给我们看，感叹美国老人活得独立自主。

不知不觉就到了毕业季。就像小学毕业时你获得北京市三好学生一样，高中三年的优秀成绩又为你赢得了一项荣誉——你获得了专门表彰中学生的"总统教育奖"，英文是 President's Education Awards。

你从电子邮箱里发来了不少毕业照片，我们挑选出两张冲洗出来，摆在钢琴盖上。一张是全班同学在草地上的合影，男孩子们西装领带，女孩子们白色纱裙，你很娴静地微笑着，站立的位置恰好在照片的最中间。另一张是校长给你颁发毕业证书的放大照，胖胖的校长笑容和蔼，你的身材格外高挑，笑得嘴角上扬，十分开心的样子。

接下来就是申请大学的一系列准备，包括参加考试和提交材料。你先后接到了几所大学的录取通知，最后选择了位于弗吉尼亚州的威廉玛丽学院，一座在美国各种大学排行榜上常年排名三十左右的学校。

我们没有想到的是，申请大学中的一个环节，与当年为了给你选择中学到处看房产生了关联。因为要上班，那时看房只能在周末休息时，因此通常也都带上你。前后下来，跑了有十几个楼盘，每次都会拿到一叠楼盘材料。本来以为你只是被动地跟随着，没有想到你却对户型图产生了兴趣，很认真地看，不断地问这问那。那时家里订了几种报纸，房地产广告很多，你也把那些户型图收集起来。有邻居亲友上门，你就抱出这些户型图给人看，评点各自的优缺点，煞有介事但又不无道理，俨然很专业的样子，让大家觉得既吃惊又好笑。我们都说，有你这样的兴趣的孩子，整个北京城恐怕也没有几个。儿时的爱好有偶然性，我记得自己像你这么大的时候，有一段时间曾经喜欢上了园艺，尝试过以酸枣树作为砧木嫁接枣树。

谁也不会想到，这个爱好有一天帮助了你。在美国申请大学，除了要提交高中期间的成绩单（GPA）和标准化考试分数（SAT）之外，还要提交一篇自选题目的作文，内容主要是介绍自己的生活经历和感受，表达自己的个性、兴趣、志向等，是学生向所申请的学校介绍展示自己的重要机会，也是招生人员评价学生的重要依据，与能否被录取关系十分密切，甚至有一篇作文定终身的说法。大多数这样的作文也形成了套路，或者写遇到困难百折不挠，或者写做义工奉献爱心帮助他人，缺乏新意。你写了自己当年热衷于户型图的经历，并由此生发出一些艺术审美方面的思考，内容新颖别致，给招生的老师留下了不错的印象。进入大学后，一个偶然的机会，你得知了这件事情，很开心地告诉了我们。

四年的大学生活，我们反而关注得最少。

你的学习能力已经不需要我们担心，而你最终如何发展，又不是我们能够操心的。看你每个学期发来的课程表，除了经济学专业的课程外，还有不少其他领域的题目，相互间看不出关联，是你根据兴趣选修的，我们大致能猜测出都是什么内容。但我们倒是真切地感受到了美国大学浓郁的学习气氛，好几次中午十二点左右，也正是你那边的夜里十二点钟，估计你该睡觉了，点开Skype与你视频，你把笔记本电脑摄像头转过来朝着前面，原来你还在图书馆或者自习教室里，镜头里有不少学生在埋头攻读。

那几年中，你的生活足够丰富多彩，你与每个这个年龄段的孩子一样，张开臂膀拥抱自己的梦想。周末和假期，你先后到过美国的不少地方，一张张照片留下了这些足迹。高年级时，有一门课程是学校与德国的一所大学联合开设的，为此你到柏林学习了半年，并抽时间与同学结伴去英国伦敦游览，还利用周末去了一次当时在芬兰的姑姑家。如今回想起来，这些我们不曾在场的经历，大多只是脑海中一些模糊不清的片段。

不过，你的大学生活的最后时光，却是牢牢地印刻在我们的记忆里。

你曾经抱怨过，你高中毕业时，全校只有一个学生的家长没有参加毕业典礼，那就是我们。所以这次我们提前几个月就开始了筹划，在你毕业的前几天飞过来，见证你生命中的一个高峰时刻。

我们真切地感受到了美国人对毕业典礼的重视。能够容纳上万人的露天体育场里，密密麻麻地坐满了学生家长和亲属，气氛欢快热烈。坐在我们前排的，是一个黑人男孩的亲属，一共有十

回忆　173

几口人，从南方外州赶来，年岁最大的爷爷，长得很像一个在好莱坞电影中扮演警长的著名黑人影星。主席台上，前后坐了好几排大学领导层和社会名流、学生及家属代表。当时担任大学校长的是前任美国国防部长，而有"黑珍珠"之称的刚刚卸任的美国女国务卿赖斯，作为特邀嘉宾，身着紫色的长袍礼服，做了长达十几分钟的演讲。

毕业季的校园像是一个盛大的节日，处处洋溢着轻松欢乐。学生和家长，在校园里的每一个地方拍照留念。在教学楼前，在草坪上，在操场旁，你穿着黑色的学士服装，笑得那样灿烂。那个时候，我们丝毫不怀疑，你也一定这样想，美好的前景正在你眼前展开。

这个笑容，还有很多其他各种场合的笑容，如今经常与一个笑容叠加。

家里有一只定做的变色陶瓷杯，制造时采用了某种工艺。平时看上去普普通通，但只要倒上热水，原本黑色的杯壁就会慢慢地变色，显现出一幅我们三人在一起的画面。那是你读初中时，有一年过生日吃蛋糕时的照片。画面上，你戴着蛋糕店附赠的纸制皇冠，脑袋稍稍歪斜着，开心地微笑，右手大拇指和食指在下巴处做出一个 V 形手势。

在你离去后，我经常用它喝水沏茶，一次次看着你的笑容，从墨黑的杯壁上慢慢显现，栩栩如生。

如今，当你已经化为彻底的虚无，你的各个时候、不同神态的表情，仍然会因为一次次随机的触动，从遗忘的深渊中被召唤出来，活灵活现地浮现在眼前。合适的温度，让杯子壁上的照片显现，而让你的笑容始终生动鲜活的，是我们不会随着时间流逝而减弱的思念。

这种思念，也有着滚烫的开水一样的温度。

纸上的梦

你的微信名字叫"嘴儿"。

这也是你的绰号,远远早于微信就有了,是初中同学给你起的。你的嘴稍大,嘴唇稍厚,倒是符合当今的某种审美观。具有这种面貌特征的,除了意大利影星索菲亚·罗兰,我还通过你知道了有一个港台电影演员舒淇。你的几位"四人帮"好友从来都这样称呼你,基本上不叫你的名字,在我们面前谈起你时,也习惯性地这样说。

"嘴儿嘴儿嘴儿嘴……"翻看你手机上的微信聊天记录,在你和其中一个好友的对话中,对方这样写着。在想象中文字变换成了语音,我仿佛看到了对方叫你时的亲昵的表情,故意做出的夸张的口型,那种关系亲密的女孩子们相互之间交谈时的娇憨顽皮的声调,那一阵阵突然间爆发的爽朗的大笑。

我在整理你书柜时,看到一本书中夹着一页信纸,写了大半篇,开头第一行的称呼是"亲爱的宝宝",对方是你们的"四人帮"成员之一。"我巨巨巨巨想你。你赶快回来咱们聚聚吧。下周一是梦侬生日，咱们应该去照大头贴的。以后每年都照，才有纪念意义啊。"对方是短时离开学校？记得那时你们不同班级轮流去参加军训等活动。后面写到的内容，显然是你们说起过的。"我们会有一个家。驴、鸡、猫和嘴，会吵吵闹闹，甜甜蜜蜜地生活在一起。我们会有温馨的新房子，两间卧室，色彩斑斓的墙壁。我还喜欢毛茸茸的大地毯，到时候一定要买。"想起来了，那几只动物，分别是另外三个人的绰号，你们彼此之间都这样称呼。这封没有写完的信，透露了那个时候你喜欢骑车到处游荡的爱好。"那天我去北外了，没想到那么近。校园不大，但是特温馨，感觉非常好。啊，我亲爱的目标啊。烤肠（育青的）卖两块！比外边便宜！多好啊！"接下来就是疯话傻话了。"我有两个目标，一个是当农民，一个是当厨师。妈妈都无语了，说她后悔把我生下来。我不当厨师也要嫁个厨师，那才叫顶幸福！"写到这里，你自己都意识到写得杂乱无章了。"你看，一给你写信，我就思维跳跃很严重。没办法，什么都想跟你说啊啊啊！"

初中三年结下的深厚友情，一直保持了下去。进了高中后，四个人分在了不同的班，但仍然难分难舍，课间休息时扎堆一同玩，下课后互相等待，结伴离开校园，再各自回家。读完高一后，你出国留学，但这并不影响你们的友谊。不论是后两年分别在国内国外读高中，还是后来在不同大学读书，毕业后从事各自的工作，一直到你生病前最后一次回国，你们一直保持着密切的联系，在电话里，在先后出现的QQ、MSN、Skype等网络通信软件中，以及在后来的微信中。你每一次回国，最先做的事情就是与她们见面吃饭，看你们饭桌上的合影照片，或者自然随意，乐不可支，或者摆出时尚的姿态造型，无比开心。再经过美颜软件的处理，光彩照人，美艳得夸张。

因此，在你生病几个月后，她们中的一个，在多次联系你没有回话后，设法给你妈妈打了电话，得知你的病情时，非常震惊，电话里片刻静默后，传来压抑不住的哭声。

因为医院疫情防控十分严格，无法到病房探望，只能趁着你做CT检查的时候，让她们与你见一面。那一天，她们很早就赶来，提前等在病房区门口前。门口打开，你躺在病床上被推出来，她们一同跟着下电梯到地下室，走过长长的通道，走到CT室门口。她们鼓励你好好治疗，病好后再一起去K歌，吃烤串。她们讲某位同学的糗事，讲家里养的宠物，脸上堆着笑容，很轻松的样子，但一转身，等躺在病床上的你的视线看不到时，就抱在一起小声地哭。她们清楚你的病的后果，知道她们的话是言不由衷，也知道你并不相信她们所说的。这不是你们以往谈话的方式。

在你离开人世后，她们或者独自或者结伴，多次来家里看望安慰我们。她们小心地尽量不谈起你，但偶尔也会提到你说过的一些话，做过的某件事情。我们更清楚地了解了你的梦想，也知道了你在我们面前不曾表露过的大胆的举动和脆弱的心思。当然，这些言行的内容和特点，大都在我们的意料之内，但有一些细节，有一些具体状态，却是我们过去没有想到的，或者说有着程度上的差异。譬如说，你平时表达能力并不差，但有时与别人产生一些小矛盾，争执怄气，你常常变得笨嘴拙舌，她们说你"最不会吵架"。这该是你一向待人宽容友好的一种表现吧。

事实上，父母和孩子之间，即便是再亲密融洽，内心世界也仍然有着某种隔膜。这是代际之间的必然分别，不一定涉及价值判断，只是一个再普遍不过的事实。

和不少家长一样，在我们的潜意识里，你从来都是孩子，哪怕你年龄再大。但对你的内心世界，却想得不多，也不认为是一件着急的事情。但现在，因为彻底失去了你，它的必要性骤然凸显出来了。这应该也属于那一种心理效应：拥有时只觉得天经地义，失去后才意识到弥足珍贵。哪怕是一些平淡无奇的事情、想法，因为它们是属于你的，也便具有了意义。你已经永远消失了，成为"无"，而它们却曾经是构成了你的"有"。

因此，等到所有那些前面说过的记忆，那些具备外在的形体画面感的事情，已经多次在脑海中浮现过之后，我进而试图去了解和想象过去忽略过的东西，为了描画出一个更为全面完整的你。我知道，这个过程一定会产生出新的痛楚，但如果能够借此更有力地拽住你，把你长久地羁留在心里，这是值得的。

我开始查找属于你的记录。你的书柜里、卧室书桌和床头柜抽屉里的各种本子，一些散乱的纸张上的只言片语，都成了我阅

回忆

读的对象。譬如有一个黑色皮面笔记本,从日期看,写于你高中最后一年和大学第一年。谈不上是日记,因为日期是断断续续的,相邻的两篇之间经常隔了很多天,如果说是感受思考的即时记录,倒是比较确切。

在三月五日,你写下了一段话,那是一个高中生对未来的展望——

> 在我这个阶段,要勇于尝试,不设限,做更多的事情,把每一天过得充实且精彩。有很多要学的:各种语言、跳舞、画画、摄影、化妆、搭配;和经常要做的:运动、读书、写作、看电影、交朋友……

下面这段话是四月十七日写的,那时你已经接到了大学录取通知书:

> 从现在起,到八月二十日大学开学,列下想做的事:一、整鼻子;二、去健身房,打造肌肉体质;三、学车;四、读书(在暑假时,每天三到五本);五、写作;六、观影(每天一部)。

目标变得更为具体真切。看到这段话,我眼前浮现出了一幕场景,你对着镜子,皱着眉,抱怨自己鼻子显大,用力想捏小一些，当然没有效果。那是很早前的事了，差不多是刚上初中时，看来这一点始终让你耿耿于怀。还有另外一件让你烦恼的，是左眼皮下有一片微小的脂肪粒，医学名称是粟丘疹。前后好几年中，你尝试了敷药、针刺、激光治疗等多种方法，试图祛除。你和这个年龄的女孩子一样，对自己的形象有过分的苛求。

在这一篇的最后，你总结性地写道：

> 以多重身份过生活，会很丰盛，很快乐。不只是学生，还可以是作家、时尚编辑、旅行家、珠宝师。

看起来有些好笑，你的目标设定不但过多，还有些杂乱，不清楚有些梦想是很难彼此并存的。但在那个年龄，有这样奔放的想象也不奇怪。英国散文家赫兹里特在《论青年的永生之感》中论述过，处于那个人生阶段的人，仿佛刚刚走上一段愉快的旅程，"兴高采烈，极目远眺，向远方的美景欢呼致敬"，认为自己无所不能，自信将会拥有希望得到的一切。回想自己在这个岁数时，不也正是如此？也有各种不切实际的打算，并且毫不怀疑它们会实现。这是青春期才有的好胃口。

这是五月十五日，高中毕业前两周，你写在本子上的一段话，所做计划可以说颇为具体：

> 时间过得真快，再有两周就毕业了，我要好好、开

心地过完这两周。要做的事情：看阿兰·德波顿，思考，看电影，做出暑假计划，打包。

但接下来的这段话，又一下子跳到了形而上的层面上，显然是在给自己的未来定位，有一种宣誓般的意味：

> 我喜欢的女人，大气，漂亮，真实，有活力。有品位，有气质，成熟，对自己负责。自我格局大，又有坚持，同时懂得欣赏别人。这也是我的目标，成为这样的人！

下面这段写于第二年的一月二十四日，那时你已经读完了大学一年级第一个学期，那一天则是你在北京过的寒假的最后一天。你这样写道：

> 明天要走了，今天去逛了庙会，吃了海底捞（吃完不舒服），看了《福尔摩斯》——基情四射哈哈。三年里在家的第一个春节，过得很幸福。在颐和山庄看了自己一岁生日的录像，感慨啊，时间太残酷了，当年一个个多精神啊，而现在……变化最大是爷爷姥姥，伤感啊。这次也陪他们住了几天，暑假回来再多陪陪吧。

这一天你最后写道:

> 这个假期一个想法萌发了：想当一个导演。下学期别那么彷徨了，目标明确，新一年勇敢活出想要的自己，马上二十岁了。想拍出媲美李安的作品，想拍出属于自己的《白蛇》。

你提到的这些作品，有的我有所了解，有的则一无所知。但对文字中那种感慨和立志相交织的口吻，并不陌生，这正是那个年龄最经常体验到的情绪。你的向往和迷茫，自责和自励，困惑和醒悟……看着看着我不由得微笑了，仿佛看到了当年的自己。这些正是成长的特征。生命原本都是相通的。

这个本子上，只写了五分之一，时间截止到大一第二个学期开始时，后面大半本都是空白。应该是后来换成了别的本子，或者是写在了电脑上？以你的善感多思、喜欢自我分析的习惯，不应该只有这一本。也许有一天，我还会在什么地方看到更多的内容。

这个本子里最长的一篇，让我看到了你更为丰富的感情。是在二〇一〇年四月十一日这一天，你写了有两页之多，还起了一个题目，叫作《写在长周末》——

> 春假回去的时候和爸妈交流很多，关于学校、专业

和择业，还有心中的压力和压抑。老爸特别理解我，我总是觉得他是我同岁的哥们儿。而老妈就单纯可爱得多，她是女强人，对待生活积极热情，做起事来快速而有条理，从来没什么烦恼。

这世界还真是需要不同类型的人存在，然后依然和谐一片。像我爸，他读的是中文系，又从事文字工作，爱读书爱思考，常常沉在自己的世界里出不来。有时候妈就会对他的丢三落四和叫他他不理特别犯急，说出好多生动俏皮的话来损他，爸又斗不过嘴，就特严肃认真地皱着眉头。

想起初中的"四人帮"，一晃而过我们已经认识了六年。从前想过的四个人住在一起的梦还有待实现。当时把每个房间的颜色都想好了怎么漆，还想到如何给各自的孩子做胎教，连家务都分工好了。那真是一段美好的时光，我很庆幸我们都在努力去维护这样的友情，特别好友里总会有你们。等到七十多岁的时候一看，呦喂，六十年了啊。

来美国读书，重要的真的不见得是学知识，而是学习如何做人，如何懂事起来。我最深的感触就是突然如此珍惜亲情。什么人都不会比爸妈对自己好啊。从前在家的时候，尽可能地把门一关沉浸在自己的小世界里，现在短暂的假期父母又要上班，所以一起吃的每顿饭都好好投入，尽可能地多聊天，有时看着他们，会突然觉得鼻尖酸涩，一种言语不出的情绪涌上来。去看爷爷奶奶姥姥姥爷，也心甘情愿耐心听他们唠叨琐事，陪他们聊天聊很久。人生短暂，钱财和名誉都是身外之物，爱才是最能牵动人心的东西吧。有时会告诉自己，为了他们，也要努力，得对得起他们。

你想象自己的老年时光，计划七十岁时的生活。但上天没有给你这样的机会。

在目光之外成长

整理你的书柜时,还发现了好几个留言簿,有初中毕业时的,有你读完高一去国外读高中时的,还有美国高中毕业时的。

初中毕业时的同学册,去美国留学前的告别册,这两个本子前后相隔一年,几乎就是同一个时间段。两个本子上,绝大多数的留言中,都说你开朗,外向,快乐,你是"百事可乐"。"希望你保持自己合不拢的大嘴经常张开,继续做个蹦蹦跳跳、活泼爱笑的女孩""希望你用自己那灿烂无比的笑感染高中的新同学"……这些和你同龄的孩子的评价,与我们对你那个时期的记忆是吻合的。

你的"四人帮"好友之一的留言,尤其生动有趣,对你的描绘充满了形象感:"张着大嘴开心大笑的样子;昂首挺胸迈着大步的你;坐在我面前拌拌面的你,吃百家饭的你;头歪向一边戴着耳机哼着歌的你;电话里撒娇的你;挤番茄酱弄得满手都是的你;眼泪流满脸小女人样儿的你;拥抱着我的你;生气的你;臭美兮兮照镜子的你……"

那时的你，爱说爱笑，活泼欢快。尤其是刚刚进入高中后，这个特点最为突出，甚至一度成为老师关注的对象。记得在一段不长的时间里，我们连续接到几次班主任打来的电话，说你纪律性差，还给老师起外号，希望家长及时加强引导，听起来似乎你成了问题学生。特别是有一次，口气听上去尤其严肃，说你不尊重老师，让我们很紧张，问了你以及与你要好的同学，得知了事情真相。原来，在学校组织的一次野外集体活动中，你串通了几个同学，隔着很远的距离，一起高喊某个你们很喜欢的女老师的名字："×××，我们爱你！"

那个年龄旺盛的生命力和好奇心，还让你把目光投向校园之外。有几次，你放学回家明显比平时晚，问起来，你回答说逛街去了。初中三年下来，你骑着那辆蓝色的斯普瑞克牌自行车，走遍了周边几公里范围内的大街小巷，像紫竹院公园、北京体育馆、北京天文馆、北京外国语大学等等，都留下过你的足迹。

不过，当绝大部分留言都赞赏你的开朗乐观的性情时，你的初中班主任老师却敏锐地看到了什么。她在你的同学册上留言写道："你是一个令人时而欣喜、时而担忧的孩子，情绪的稳定积极虽然会令你的文学气息淡化，但快乐的人生我认为还是最重要的。"她看出了你身上矛盾的地方，注意到了你的细微的变化，或者说看到了未来你的性格发展的可能性。这样的眼光，显然来自她多年带班的经历。

当然，发生在一个孩子身上的变化很正常，不论是生理方面，还是心理方面。这正是成长的含义，也是随处可见的事实，其中尤其以青春期为最主要的时间段。情感性格变化的根源和动力，很大程度上来自思考。青春期的到来，让一个少年人开始了对生活的惊愕和发问，而发问促使思考。

其实，喜欢思考的特点，你很早就体现出了。我记得十分清楚，你还在读小学时，就问过我人活着为了什么，反正最后都要死，为什么还要读书。我明白，你是要问所做的一切有什么意义，但这样的词汇那时还不属于你。我抱你坐在腿上，告诉你，人活的是一个过程，在这个过程中要让自己感觉有意思。你似懂非懂。后来，你又多次问过类似的问题。

读完高一以后，你出国读高中。那年你十六岁，正是典型的青春期，心理变化最为剧烈。这个年龄独自来到陌生的异国，远离家人，面对的是一种全新的生活。新的生命阶段，叠加上新的环境，潜移默化地塑造着你。

记不清楚从什么时候起，感觉你性格越来越安静了，回国度假时，喜欢独自宅在家里，看书，上网，听音乐。倒是我们有时提醒你，要适当出去见见同学，参加一些活动。与我们一同上街时，也格外规矩，过斑马线时必须等到绿灯亮起，即使并没有车通过。在咖啡馆或电影院里，妈妈说笑的声音有时大了些，你时常会用手捅一下，或者使个眼色。我们开玩笑地说，当年那个带头给老师起外号的疯丫头变了，变得胆小了，变成淑女了。

亲友家中与你年龄相仿的孩子，有人叛逆得厉害，有时在聚会的场合当面顶撞家长，让大家都有些难堪。但你在这样的时候，从来都是一副很乖巧的样子，脸上挂着微笑，文静谦逊，彬彬有礼，因此你很有人缘，到处受到欢迎和称赞。妈妈好几次很得意地对我说，"女儿挺给我们面子的"。

其实，这并不是你的全部。在家里，对某些事情和安排，你是有自己的想法的，未必喜欢和情愿，但你可并不执拗，在意见不一致的时候，多数情况都是你让步，有点儿勉强地说"好吧"。有一次你接到同学聚会的邀请，其中有人让你觉得不感冒，但一番犹豫后还是去了。过后你解释说，你愿意敷衍，是觉得没必要搞僵关系。但对另外一些你认准的事情，你却很坚持。你的几位要好的同学和闺密，对这点比我们更了解，都说你表面随和，但内心有主见，很"坚硬"——她们使用的这个词汇，让我记住了。这一点，也印证了你在病床上的表现，一种出乎我们意料的坚强。

你很少拍照，也很少发微信朋友圈，不像许多同龄的女孩子，喜欢晒美食聚会、旅游风光之类的图片。这些素材你并不缺乏。我们倒是希望你能多拍多发，好让我们随时知道你的动态。但你不以为然，说没必要把自己的碎事抖落给别人看。

你和我们联系也不算多，有时几天也不发一条信息，以至于妈妈有一次感叹，真希望乔乔也像别人家的孩子，多黏着我们一些。她的一位好友，女儿也在国外留学，鸡毛蒜皮的快乐和烦

回忆

恼,都随时向家里倾泻,让她妈妈备感困扰,抱怨孩子太不自立了,但你妈妈却有些羡慕。我接话说:谁让我们这么早把她送出去了。

这当然是开玩笑,我并不觉得有什么不正常。我把自己当成了一个参照系。我想到当年读大学时,有时候几个月都不给家里写一封信。那个年龄,还不能深刻理解父母的挂念期待,但更主要的还是正处在一个梦想的年龄,每天都沉浸在自己的世界里。你比同龄的孩子更早地开始了独立生活,那么,这种疏离感,就算是我们要为此付出的一个代价吧。

让我们感到安慰的,是每逢我们两个人的生日,以及每年的父亲节、母亲节,你都会及时打来电话或发来微信祝福。有好几次,你提前从网上订了鲜花和蛋糕,并计算好时差,查出妈妈生日那天是工作日还是周末,让快递公司在中午前送到她的单位或者家里。这说明你是惦记着我们的,而且细心。

作为父母,我们对你的未来并不过分担心,不认为需要替你设定每一条道路,巨细无遗地给予指点。你从我们这里获得了肉体的生命,身高容貌等都显示出了血缘的关联,这是来自生物学的规定性,也是连接我们的最自然的纽带。将你养育大,为你提供尽可能好的生活条件和成长环境,则是我们作为父母的责任义务。

但除此之外,更多要靠你自己了。你已经到了独自做出判断、评价和选择的时候了。你朝着哪个方向发展,选择什么职业,在人生旅途中最终走上哪一条道路，有主客观因素，也有诸多机缘。我们无法为你规定什么，一定要你如何去做，最多是提出建议。我们自己也正是这样走过来的。

大学毕业后，你被纽约华尔街一家世界著名财富管理公司录用，很是让我们的虚荣心满足了一阵子。给亲友们讲起时，听到的是无一例外的祝贺和羡慕。但这一份工作并没有干长久。大公司严格的等级资历制度，规范而板滞。你所在的那间办公室里，几个同事比你大二十多岁，你做着最琐碎微末的工作，感觉与理想相去甚远，还要面对被精心掩饰过的族裔优越感，更让敏感的你觉得不舒服。在工作了一段时间后，你辞职离开了。

你选择了继续读研究生。我对你的想法举双手赞成。读书是你的强项，我内心十分希望你将来能够到大学教书，或去研究机构。这一次的选择很关键，我们深度参与，特别是围绕读什么专业，广泛咨询，认真比较，花了不少心思。时间是二〇一八年一月的下旬，我们飞到纽约，与你一同过春节。我们用了一周的时间准备各种材料，直到把最后一份申请发到报考学校的招生邮箱里，才松了一口气。第二天，我们飞往南方，路易斯安那州的首府新奥尔良，开始了计划中的墨西哥湾之旅。

你如愿以偿，几个月后，先后接到了几所大学的录取书，最后选择了纽约大学瓦格纳公共管理学院，专业方向是公共卫生与健康管理，学校还提供了为数不少的奖学金。你向我们描绘过未来拿到学位后的打算：去医院从事管理工作，了解医疗体系的运作，感受疾病中的人性状况，将来还可以写小说呢；到世界卫生组织谋职，帮助非洲落后的国家建设公共卫生设施，开展医疗培训，救死扶伤；也可以回国发展，国内已经有一些大学开设了这样的专业，刚刚起步，大有可为，不过要想在大学任教还得继续读下去，必须迈过博士这道门槛……这一幕幕前景，比以往的很多想象都更具有现实可能性，因而也让我们的期待中夹带了更多的兴奋。

学业连同未来的职业规划都越来越眉目清晰了，此外让我们挂念的，便是你的个人情感生活了。

在前面说到的那个黑皮本子上，你写下了得知高中女同学偷尝禁果后的惊讶。"某某刚打电话来，说她破处了。天哪，天哪，天哪，这是可以称为第一件能让我立刻停下来的事了，连想都不用想。"涉及两性情感方面的想法，你从来不对我们吐露，很长时间里我们也不问。一直到了你大学毕业前后，觉得可以考虑了，告诉你留意一下有没有合适的男孩子，可以作为朋友交往，你却总是闪烁其词，或者几句话简单带过。有一次又提起时，你这样回答说："你们别操心了，我能处理好。像我这样，还愁嫁不出去？"

也许你是在敷衍，但这的确也是实情。你个头高挑，身材匀称，走路时腰板挺直，目不斜视的样子里，有一种隐约的高傲。于是我们也就放心了，不再多问。我们想，属于你的缘分该是正藏在某个地方，时机凑巧时，自然会显现的，那时候就会水到渠成，一切都不再是问题。

　　妈妈有一次探望你回来，说起有一天走在纽约街道上时，你突然说将来想要三个孩子。说这话时，是一种很神秘的、努力憋着笑容的表情。妈妈先是吃惊，又觉得好笑，说：别说傻话，你先生一个再说！再问你是什么意思，你却不肯讲了。我想到了一些端倪。你说起过，你的"四人帮"同学中两个人有了孩子，好可爱。你姨妈家的表哥，姑姑家的表弟，都有一个小丫头，聪明伶俐，上一次你暑假回家时，看着她们的眼神中充满了喜爱。从你的表情可以猜出，某种母性情感被唤起了。

　　你的一位"四人帮"同学提到，你曾经告诉她，说我爸说要帮我带孩子，很高兴的样子。我想起来了，这是某一年去纽约看望你时顺口说过的，没有想到你记住了。我这个愿望是真实的，不仅如此，我的脑海中还浮现过你手牵着蹒跚学步的孩童的画面。当然，这些想象也都是在某个具体情境下，短暂的一闪念，不曾展开。但仅仅是意识到它，就已经让我们有一种愉悦感。

　　但我们唯独想象不到，有一天，一团罪恶的癌细胞在你的大脑内安营扎寨，滋生蔓延，蚕食鲸吞，将所有的可能性噬啮殆尽。想起来，这真是一个天大的讽刺——你读的是以促进公众健康为目标的专业，却无法挽留自己的生命。

　　苍天不仁，关闭了你生命的通道，也摧毁了我们卑微的、毫不过分的愿望和幸福。我再也无法想象你成为母亲的样子。你的模样永远定格在了二十八岁时。一棵花树，在绽放得最美的时

回忆　193

候，突然被一场自天而降的飓风，连根拔起。

于是，一切的蓝图都被撕碎，所有的梦想都被颠覆。曾经多次地告诉过你，烦恼、挫折还有苦难，是生命成长的代价，早晚你都会遇到，要准备好承受。但从来不曾想到，它们落到你身上时，会是这样的一副面孔。由于它的邪恶本性，错误不会得到纠正，损失不会获得补偿，再也没有跌倒爬起，再也没有浴火重生。

这才是最深的痛。

在你离去后，妈妈定时给你的手机续费，为了保留住这个号码。我有时也会打开它，是为了听一下你留在微信中的声音。声音比图像更能够产生真切感。有时候，我会看到新发来的短信或者未读的微信。

你在宾州读高中时的一位同学，大学毕业后回国，到杭州工作，是你微信中联系较多的人之一。从你生病住院时起，你们的对话便变成了她单独的留言。虽然你没有回复，但每隔一段时间她就会给你留言，特别是在各种节日。有一次，她告诉你她怀了宝宝了。她也一定会对你不回复感到奇怪。最近的一次留言，是在你已经离开人世一个多月后，她说她要来北京了，能不能见一面？

我一直没有回复。

我想让你在她的意识中仍然活着。虽然我十分清楚，这一愿望不用很久就会破灭。

但你的好友们不会忘记你。你的"四人帮"伙伴之一,从微信上给我们发过来了几段文字,写的是关于你的一个梦。时间是六月九日,是她向你遗体告别后的第四天:

昨晚我梦见你了。梦见我们还在上学,要做课间操了,我们手臂挽在一起往外走,边走边聊。就要出教学楼大门了,你停住脚步,身子往门框内躲闪,说你不能走到阳光下面,只能陪我到这了。脸上是无可奈何的浅笑,心有委屈却不怨怼于任何人的笑。

我梦醒大哭。幸好,我已经不用每天再上课间操了。

我们认识十七年了。尽管逾十年的时间里,我们远隔重洋,每年只得寥寥几次相见,但都笃定彼此是最肆无忌惮的依赖。我们交换所有的快乐忧伤,所有不可与外人道的心思,内心的阳光或阴暗都不惧托出。面对生活留给我们的种种难题,我们都渴望听听对方的答案。

遥想小时候我们一起经历的大事。第一次剪刘海很重要,第一次打耳洞是更大的离经叛道,而聊到喜欢的人更是胜过世界和平、宇宙起源的头等大事,这些我们统统相伴。我有一个新的MP3,而你有好品味,你把好听的歌写成列表给我,我下载后我们一人一只耳机;我们给学校里认识不认识的人起外号,那些字眼很多年后都像保管着快乐的钥匙和锁,只要我们俩对上,势必开

回忆　195

启爆笑；夏天我们躲着班主任吃学校对面物美价廉的麻辣烫，放假了我们一起骑着自行车去游泳。

盛夏又将如期而至了，但是你去哪了呢？

我猜想你去的地方一定是极好的，不然去过的人为什么没人回来。那里满是你喜欢的书、音乐和零食，取之不尽，任由你当个最快乐的小女孩，可以索取，可以发脾气，可以不包容和忍耐，可以做你想做的那个自己了。

此刻窗外下雨了，是我和许多想你的人忍不住的泪。温柔如你，善解人意如你，若你安好，一定会给我们一个彩虹吧。

那天与你告别之后，这些小伙伴们对妈妈的称呼也从"阿姨"变成了"妈妈"，在微信里，在电话中，也在见面时。死神带走了你，灵魂的天空昏暗寒冷，她们持续的问候和探望，是一道道穿透云层投射下来的光，温暖而明亮。

说吧，记忆

结束放疗出院回家后，看着你被病痛折磨得极其痛苦的样子，想到疾病无可挽回的恐怖前景，我和妈妈每天都在煎熬中度过。我们说好，珍惜今后或长或短的时间，好好地与你交流，尽量地少留一些遗憾。

但因为病情的发展，交流也变成了奢望。

你强打精神，用简短而含糊的语句，用微笑或者点头等表情动作，回答我们的问询，但明显能看出你的虚弱，这些简单的动作已经让你耗尽了气力。我们也就不忍心多问什么。妈妈甚至怀念起住院放疗的那些日子，那时你的状态比眼下要好得多。

为了帮你调节情绪，你的朋友送来了一台可以播放电视节目的投影仪。你坐起身来很困难，便将电视画面投放在天花板上。你睁大眼睛，望着跳跃的画面，神情里有几分期待和激动，但很快引发了一次癫痫。急忙打电话咨询，医生说这是快速晕眩的画面刺激神经导致的，今后再不能看了。我们也不敢再有别的尝试。

每天晚上，妈妈都要在你身边躺够一个小时，跟你聊天，把一台小收音机放在你耳边，播放各种节目给你听，以柔和舒缓的歌曲或轻音乐为主，还有"心灵鸡汤"和励志故事。这些乐曲的名字和演唱者，你大都能准确地说出，对那些励志故事，你则给出高低不同的评分。有时你疲倦了，就在音乐声中闭眼睡着了。

我则给你读文学作品。我找出一些五言七言的唐诗绝句，读了上句，让你说下句，多数时候你很快就能说出。还有你喜欢的纳博科夫和帕慕克的作品，有意识地挑选其中一些幽默的段落。有时你笑了，这表明你听明白了，你的神志是清醒的。这种方式，多少让你的意识连接起了过去，那些你还拥有健康的日子。

你从小就喜欢读书，这一点该与家里藏书多有关。我记得你读小学低年级时，当多数同龄的孩子都在读以图画为主的读物时，你就喜欢站在家里的书柜前，仰头看里面摆放的书籍杂志，经常抽出一本来翻看。你要踩在小凳子上，手才能够到上面的几排书。

这个爱好后来就成为习惯。从小到大，你的房间里，桌子上，床头柜上，钢琴盖上，枕头边，到处都杂乱地摆放着各种书籍，一大半是文学书。每次出门，身上背着的包里，在化妆盒、小圆镜、随身听、手机充电器、消毒纸巾、交通卡等等之外，永远会有一本书。坐在地铁上，逛商场休息时，演出开始前，旅行的途中，你随时都能够进入阅读。

一直到生命的最后,这个爱好都在支撑着你。第二次住进海军总医院前不久,你有一天提出要看书,我便用轮椅推着你,来到卧室外的过道旁,那个你自己的书柜前。你抬头看着,脸上挂着清淡的笑意,一副很满足的样子,好几次伸出右手,从你够得着的那一层,费力地抽出一本捏在手里。

你离世后,我在整理到处凌乱地放置的你的书本时,读到了一篇作文《读书的苦与乐》。蓝色封皮的草稿纸小薄本,"作文簿"几个字下面的横杠上,写的是六年级和你的名字。那应该是二〇〇四年,因为那一年秋天你升入了中学。你写道:"对我来说,读小说是一种享受。我的眼睛在文字中会飞一般地穿梭且不会串行,这是我练就的好功夫。我在一个星期五,用两个半小时读完《幻城》,接着用一小时五十三分钟读完了《梦里花落知多少》,并哭了个稀里哗啦。"这两本书,是当时的热门畅销书,时间写得这么精确,你一定是看了表。我没有想到你会读得这么快。

小学时,你就有作文被老师看中并推荐上去,编入了区教育局编辑的小学生作文选。初中时的作文,更是经常被作为范文,还获得过全国青少年作文比赛的二等奖。在初中毕业的留言册上,语文老师写道:"从看到你那篇优秀作文起,我就认定你是一个在文学方面有天赋的孩子。"中考时,语文科目满分是一百二十分,你考出了一百一十九分,其中作文满分,是那一年整个海淀区中考语文第一名。

如今回想起来，写作仿佛就是最适合你做的事情。还在上小学低年级时，该是刚开始学写作文，你在因为什么事情想对我们表示感谢的时候，有一个奇怪的说法：爸爸，我要写你；妈妈，我要写你；姥姥，我要写你。仿佛这是一种报答，一种很高的奖赏。记得这句话你先后说过好几次，让我们觉得很好笑。

如今回想起那些年的情形，有一点感到有些诧异，但这却是实情：我从来没有辅导过你写作文，你也从来没有问过我如何写作的事情。也许是因为你已经习惯了各忙各的事的家庭气氛，知道什么都要靠自己来做。升入中学后就更是如此。

在美国读高中时，有一次放短假，你和同学去了纽约，住在皇后区法拉盛一位华裔中年妇女开的家庭旅馆里，这里是纽约华人最集中的居住区。这家母女两人身上发生的故事，引发了你的思考，让你联想到很多华人在美国生活面对的文化隔膜和身份尴尬，写了一篇文章，发到我的电子邮箱里。我连同你此前写出的另外一篇，寄给了一家国内知名的散文刊物。文章刊出后，引起了一位著名评论家的注意，写信给杂志主编，说一个孩子写出这样的作品难能可贵，他看到了文学后继有人。

应该是你大一那年的暑假，一个周末的傍晚，你和妈妈一同出门，说要去逛商场，没有像以往那样让我当司机，我很高兴。没有想到还不到两个小时，门铃响了，打开门看到的是这样的一幕：你抱着一只颜色灰扑扑的小猫，妈妈手里拎着一只猫篮筐，俩人脸上都憋着诡异的笑容，是那样一种意味——事情反正就这样了，你看着办吧。

我一下子明白了，你们玩的是先斩后奏。事先听你们提到过好几次，想养一只猫咪，这点你们母女想法完全一致。但每次我都明确表示反对。我不想每天收拾屎尿，害怕到处乱落的猫毛，还有外出时怎么安置它也让人犯愁。你们直接带回家了，木已成舟，我也就没有办法了。

但我感觉受了戏弄的一丝不快，还不到一天就烟消云散了。到了晚上睡觉时，我已经期待着，明天一早要看它睡觉的样子。这只被你命名为掸子的毛茸茸的小家伙，美国短毛猫幼崽，出生刚刚两个月，一副憨厚懵懂的模样，各种匪夷所思的小把戏，带来了不少的乐趣，从此我也心甘情愿地当起了铲屎官。而且，一年后，怕它孤单，又找来了一只银色的美短小母猫做伴。此后便是一发不可收，猫夫妻第一窝就生了五只，断奶后陆续送给了亲戚朋友喂养，它们后来也都有了自己的后代。现在家里的三只猫，是最早的两只带着一个晚辈，它们的关系是姥爷姥姥与外孙女。

这些说起来会是一连串有趣的故事，足以写出很长的篇幅。但这里我想说的只是，抱回掸子两个月后，你就给它写了一篇很有趣的文章，模仿纳博科夫的风格和语调。

早在读高中时期，你就迷恋上了弗拉基米尔·纳博科夫，这位享誉世界的美籍俄裔大作家，同样也为我非常喜爱。你买齐了国内一家文艺出版社出版的他的全集，还有好几本英文版的作品。爱屋及乌，你还买了厚厚的四册《纳博科夫传》，是一位专门研究他的外国学者写的。获得诺贝尔文学奖的土耳其作家奥尔罕·帕慕克，是又一位让你倾注了很大热情的作家，你的书柜里，同样也有很多本他的中文和英文的作品。每个在家度过的假期，你都会带回来或者购买一些最新的文学书籍，你的那个小书柜里也越来越拥挤。这些书中有很多折页，还夹了不少字条，写着只言片语的感受，表明你读得很仔细。

在那篇《小猫的名字叫"掸子"》里，你写了如何给它起名字，写了它的种种表情动作，写了给它洗澡时的好玩儿，写了它引发的童年记忆，而从头到尾都有你的心情的投射。比起这些丰富而发散的内容描绘，更让我吃惊的，是你对纳博科夫的特有风格的有意识模仿。在我看来，这种模仿可以说达到了颇为接近的程度。从细节的繁复细密，到语句的速度节奏，从比喻的新鲜奇特，到时空的跳荡交错，还有一些看起来无关紧要却很能显示作者风格的细节，像将某些想表达的意思放在括号中加以补足，都很有几分像模像样。我还得知，你是在一个晚上临时起念写的，一口气写到睡觉的时候，第二天上午起床后又写，到中午就写完了。这样的速度，让我自愧不如。

我当时动了一下找个地方发表的念头，我觉得从文章的质量看，这并不困难。但后来一忙起来，就将这件事搁下了，再后来就是忘记了。如今这也成为让我感到有一些后悔的事情之一。在你那时的年龄，来自外界的鼓励，很容易影响到一个人的发展方向。也许，你会走上一条与文学工作有关的路？那样倒是与你的天性喜好十分吻合。

我并没有积极地鼓励你，像一些望子成龙的父母那样，发现孩子显露出某种特长的苗头后，努力助力培养。我当然高兴看到你与我有共同的爱好，但觉得你不必着急。才华有了就是有了，就像学会了骑自行车，就不用担心几年不骑会忘记一样。我的想法是，在求学的阶段，应该按部就班，等到有了稳定的工作后，如果爱好依然存在，再发展它也不晚。

而在你那一方面，其实也没有很当回事。包括你发表的文章受到评论家称赞后，我将主编发来的电子邮件转发给你看，鼓励你再写一些，但后来却没有了下文。有学业紧张的原因，但更主要的应该还是这种爱好在你不过是出于一种天性，有不少游戏的成分。我迄今为止看到的不多的几篇，也都是写在日记本子里，或者一页单独的纸上，有稿纸也有复印纸，语言不甚讲究，字迹也潦草，看得出是兴之所至，就地取材写下来的，更像是借以整理情绪和想法。

我记得明确地表态支持你写作，是在确定报考研究生时。我说起将来拿到学位后，可能的选择之一，是到大学里谋个教职，工作不紧张，还有充裕的时间可以写作，并举了好几个知名作家的例子。你显然听进去了，为这个想法感到兴奋，第二天起床后说一直在想，久久难以入睡。

你订阅了好几年的《纽约客》杂志，每个假期回家时，都要带回来好几本，至今床头柜最下层的抽屉里还有一摞。这本在美国久负盛名的文学杂志，培养出了一大批美国著名作家。你有一次说过，你梦想着将来在上面发表一篇作品。

万万想不到的是，你的潜隐的才华以及发展的可能性，随着年轻的生命一起夭折。

也许，你就在国内读一个中文系会更好？这个念头，总是与送你出国是否导致了生病一同产生，属于那些思绪纷乱的日子中的不合逻辑的乱想。但又怎么能够肯定你一定能够考上？即使考上，又如何能够保证你会按照我的意愿，安排你未来的人生？十几年不算短暂，其间会有千百种因素，主观和客观的，仿佛从前后左右伸出的多条胳膊，将你朝各个方向拉拽，走向众多的可能性。

不过，不管是何种情形，再想这些已经没有什么意义了。

在海军总医院太平间里，棺盖最后合上之前，我将一本英文版的纳博科夫的自传《说吧，记忆》（Speak, Memory）放进棺柩里，放在你的手边，让它陪伴你进入另一个世界。时光漫漫，长夜冥冥，你可以缓慢地阅读，从容地构思，细细地说出你二十八年的人世记忆。

而在你的卧室里，我挂上了一幅你最喜欢的画，是有一次你从美国带回来的，《纽约客》杂志某一期的封面画，镶嵌在一个玻璃镜框里，挂在窗户旁边的墙壁上。它的斜下方，是那一架从小就陪伴着你的紫红色的钢琴。

你的骨灰盒就放在钢琴的顶盖上。

在路上

与日常回忆通常会呈现的散乱、模糊、碎片化相比，近年来几次旅行的记忆，却要完整清晰得多。

也许因为旅行是日常生活的逸出，仿佛点缀在普通日子之间的一个个节日，具有不一般的意味，因而格外让人关注，有关它的记忆要真切清晰得多。那些行走在路上的日夜，高踞于普通时光之上，仿佛一片茫茫的海面上，隐隐浮现的一些岛礁。

家里有一个移动硬盘，专门存放各种照片。根据内容，它们被分成了不同的文件夹，各自命名。每一个文件夹都记录着一段时光，连接了一段记忆，其中旅游照片占了很大比例。平常的日子很少会想到照相，拍下的也多是随意零散的，但在旅行中摄影则是重要的内容，因此照片数量颇多。它们跨越了很多年头，按照时间次序排列下来，呈现的是岁月的流逝，也记录了你在人世间行走的踪迹。

多年前，读美国女作家苏珊·桑塔格《论摄影》一文，记住了这句话:"照片是一种囚禁桀骜不驯、难以把握现实的方式,是一种使之固定不变的方式。"现实瞬息万变,倏忽即逝,但凭借着摄影,一个个瞬间得以被捕捉和固定下来,在目光的抚摸中复活,并经由回忆和联想,重新复原了彼时的环境和气氛。仿佛在高速摄影机拍下的慢镜头中,一朵花缓缓地开放。

随意打开几个这样的照片集,一张张点开来看,我都仿佛置身其中,感受着真实的自然风光,阳光照耀,清风拂来,花香阵阵。

这一组照片,是你小学某一年的寒假,跟着姥姥和姨妈,参加旅行团去海南岛旅游。照片上,你总是与一个同年龄的小姑娘在一起,两人都穿着鲜艳的海岛服,在椰林边,海滩上,玩得快乐开心。有一张是在一个野生动物园中,一只小猴子跳过来拽你的裙子,你吓得张嘴闭眼,脑袋歪到一边,两条胳膊直直地向前伸开。

另一组照片,也是拍摄于寒假期间,但是在十多年后了。你跟着妈妈还有新婚不久的表哥表嫂,一同去云南瑞丽旅游。照片的背景中,有傣家的金色佛塔,有中缅边境的界碑,还有热气蒸腾的腾冲火山温泉。那是你考进大学后的第一个寒假,新的校园生活的新鲜喜悦感还未散去,有一张照片上,你笑容灿烂,身后是一棵高大茂盛的大树杜鹃,满树的红色花朵火焰一样怒放。

…………

对我来说,最深刻的感受,自然来自我参与其中的那些,在场让一切变得更为不同。而其中重要的一部分，是我们三人在国外的旅行。这方面内容很丰富，我只能有所取舍，将回忆的目光收拢回来，聚焦于其中的几次。

第一次，是二〇一二年八月的法国之旅。那时你刚刚高中毕业，已经接到了威廉玛丽学院的录取通知。为了犒劳你，也为了庆贺，我们报名参加一个旅行社，从北京飞到地中海边的尼斯，然后乘车到因举办国际电影节而闻名天下的小城戛纳。

这里是著名的黄金海岸，阳光明亮，海水蔚蓝，几千米的沙滩上躺满了晒日光浴的人，白色的楼房沿着海滨伸展开来，掩映在一排排高大碧绿的棕榈树之间；接下来是普罗旺斯，印象派画家塞尚的故乡小镇，阿尔勒小城里凡·高的咖啡馆，已经忘记名字的葡萄酒城堡和薰衣草庄园，山坡上白色岩石建造的古老村庄，还有到处分布的古罗马帝国时代的遗产，像喷泉、方尖碑、斗兽场和空中引水渡槽等。旅程的最后一站是巴黎，穿行于塞纳河、卢浮宫、巴黎圣母院和香榭丽舍大街之间，消磨了梦幻般的几天。

这称得上是一趟浪漫的行旅，正是你那样的年龄最为向往的。正在绽放的青春年华，对未来的美好憧憬，让你快乐无比。

整整一年之后，我们的脚步又踏上了另一片大陆。那时你已经读完了大学一年级，回到北京过暑假。秋季学期开学之前，我们从北京飞到洛杉矶，租了一辆车，沿着著名的加州一号公路，一直开到旧金山。一路上，一边是浩瀚无垠的太平洋，碧蓝的海水涌动波涛，熠熠闪光；一边是层峦叠嶂的陡峭岩壁，山间宽阔的谷地上牧草如茵，牛马成群。沿途几个风情各异的小镇，分别是鲜明的北欧或地中海建筑风格；在一个叫作"17Mile"的地方，成群的肥胖海豹在海边礁石上嬉戏……美国西部山海之间的壮丽风光尽收眼底。

从旧金山，又飞往东部弗吉尼亚州首府里士满，再次租车前往八十英里外的威廉斯堡，你的学校威廉玛丽学院的所在地。看一下你的学校，是我们此行的最主要目的。

威廉斯堡是美国著名的历史名城和旅游胜地，始建于十七世纪初期。英国殖民时期，北美十三州中最为富裕发达的就是弗吉尼亚州，该州的英国总督府就设立在威廉斯堡。当年，它与费城、波士顿一样出名，是美国的政治、社会和文化中心。威廉玛丽学院创办于十七世纪末年，学院的命名源自当时英国国王威廉三世和王后玛丽二世，历史仅仅比哈佛大学略短，在美国高校中位居第二，因而有"美国母校"的美誉，校友中先后出了三位美国总统，包括起草了《独立宣言》的托马斯·杰弗逊。它在中国国内不若哈佛、耶鲁、麻省理工等那么知名，但美国人谈起来，无不啧啧称赞。它的本科教育尤其优异，长年排在美国高校的前五名。

威廉斯堡小城安静美丽，到处大树参天，绿草如茵。校园更是宽阔疏朗，被列为美国最美校园之一。正值假期，除了少数留校的学生外，一片空旷静谧。你带着我们走在校园中，路两旁草坪上时常看到松鼠跳跃，一幢幢古色古香的红砖楼房，掩映在绿树之间。你介绍说这一幢大楼是法学院，这一幢大楼是商学院，这一栋小楼是历任校长的住宅，这一座跨在小湖上的拱形桥，每个学生毕业时都要从上面走过去……一年下来，你都已经了如指掌。

校园紧邻着一个小镇，完整地保存了两百多年前殖民时期的生活原貌。一条横贯小镇的砂石大道两旁，分别是牛栏、谷仓、花园、教堂，以及裁缝店、熏肉铺、面包房、军火库等，都是当年的样式。牛拉着一车劈柴缓慢走过，烤茶饼的味道飘荡在空中，铁匠铺的打铁声叮叮当当。身着那个时期服装的女仆、花匠、农妇、牧师、教师、警察等，各自扮演着自己的角色。每天黄昏时分，都会有一场表演，是当年独立战争的情景再现：弗吉尼亚民兵队伍集结在一片草地上，听他们的领导人演讲，大声疾呼"不自由毋宁死"，然后列队开赴前线。队伍前列，军乐队吹奏笛子，敲响军鼓，节奏铿锵激昂。

目光又跳到三年后的另一个照片集上。那次是去参加你的大学毕业典礼，因此前面的部分都是有关的场景，体育场上隆重的毕业仪式，你穿着黑色学士服的样子，与几位中国女同学在草坪上快乐地合影，一同做出 V 形手势，等等。

毕业典礼后，我们驱车离开威廉斯堡——这个你生活了四年之久的地方，旅程第一站便是州府里士满。这里的景观建筑，到处都让人联想到南北战争。我们参观了邦联白宫，内战时南方联邦总统及家人住在这里,如今是美国内战博物馆。在一座埋葬南军将士的墓园门口,你与两位正在喂养流浪猫的老太太交谈,告诉她们你家里也养了三只猫,并介绍它们的名字和习性。还去了远郊的国家战场遗址公园,南北战争时许多激烈的战役发生在这一带,森林一望无际,草地上摆放着当年的大炮,阳光透过树冠的缝隙,在藤蔓蒙络的战壕里投下斑驳的影子。

然后由此向南偏西,一路开到了北卡罗来纳州的首府罗利。大部分时间都是在著名的蓝岭山脉间穿行,山峦高耸,云雾缭绕,银亮的瀑布从绝壁上跌落,山谷中一片片的牧场和围栏,景色绝美。美国影片《冷山》里的故事就发生在这里,你说电影看了好几遍,而我则更喜欢成为电影素材的那一部同名小说。接下来又是向西北折返,途经宾夕法尼亚州去纽约。在穿过西弗吉尼亚州时,你哼起那首被约翰·丹佛唱出了大名的民谣《乡村路带我回家》,告诉我们此地就是这首歌曲的故乡。

最后一次我们在一起的美国之行,是两年半后了。

二〇一八年的春节,我们飞到纽约住了几天,帮助你确定下研究生申报的方向和目标,然后飞到南方的港口城市,路易斯安那州的首府新奥尔良。这个让许多美国人都感觉是他国异乡的地方,有着法国长期殖民统治形成的浪漫而奢靡的氛围。

你读大学时迷恋上了爵士音乐,选修有关的课程,还自己谱过曲,在校园音乐会上演奏过。这次旅行,将新奥尔良作为第一站,就因为它是爵士乐发源地。走进古老残破的街道,听黑人歌手忘情地弹唱，在斑驳黯淡的酒吧里，欣赏乐队演奏爵士乐，有一种极为新奇的感受。

这次旅行的路线，是沿着墨西哥湾由东往西。离开新奥尔良，第一站是橡树庄园。这个上千亩的甘蔗种植园，还保留着当年黑人奴隶住的房屋和惩戒室。庄园主的白色别墅前方，两排枝柯交错的巨大橡树形成一条林荫大道，一直通向不远处的密西西比河河堤。电影《飘》中那个著名的橡树走廊画面，就是取自这里。穿过河口三角洲连绵无尽的沼泽地，在密西西比州首府巴吞鲁日看过大河奔流的壮观风景，就又转入得克萨斯州广阔的牧场。经常一连行驶几十英里看不到一个人，视野中只有仿佛停滞不动的牛群和马匹。

在得州首府奥斯汀，你带我们找到一处网红打卡地，是一幢紧挨人行道的房子，白色的墙上，用英文手写着一句话：I love you so much。我是如此爱你。一个过路的中年妇女，微笑着问我们是否要合影，于是便有了一张照片，后来被洗印出来放在家里客厅中的电视机柜上。你站在我们中间，因为拍摄角度，也因为你站立时双膝稍稍弯曲，看上去身材比实际上要娇小。

每次旅行，都是你事先做出攻略。选择合适的出行时间，预订便宜的机票，比较住宿酒店的价格，确定要去看什么地方，到哪一家餐馆吃饭。你娴熟的外语，让这些使我们感到挠头的事情变得很轻松。

回忆往事时，时间变得格外具有弹性，翻阅照片尤其如此。

这些不同地点的旅行，被固定成了一个个瞬间。如果不是仔细辨认，很难相信，一些看上去没有很大区别的画面，前后跨度却长达多年。

每个家庭都会有这样的影集。多少年后打开重看时，都会因为时光流逝而感慨叹息。记忆中的往事越是美好，感叹也就会越强烈。但我相信，大多数人的感受不会有我们这样哀恸。在本该繁花灼灼时却遭遇凋零萎谢，一种有悖常理的变故，将惨痛的丧失感烙印在我们的灵魂深处，无法祛除。

最后一次，也是最能让我产生这种感受的，是海南之行。

距上次一同出行，又过了整整一年。那是二〇一九年一月上旬，头一天晚上你从国外飞回来，第二天一早就又随着我们赶往首都机场。一出三亚凤凰机场，就赶到旁边一家预先约好的租车店，办完取车手续，直奔海岛东岸的一处海湾。

所住的地方紧邻着一处海滩，一条木栈道架设在山麓和海边的岩石之上，曲折逶迤，下面便是嶙峋的礁石和翻卷的海浪。在木栈道上，我们拍了很多照片。你身着蓝色牛仔裤，白色衬衣下摆系成一个结，墨镜的镜片上反射着强烈的阳光。

这一次的旅程是海岛中线游。五指山热带雨林中，登山栈道弯曲迂回，两旁树木浓密，藤萝缠绕，瀑布飞溅，我们小心翼翼地迈步，以免踩在朽木和苔藓上滑倒。在接近最高峰的地方，标有"昌化江源头"的一块岩石下，我们请人给拍了一张合影，你站在后面稍高一些的地方，微微俯下身子，扶着我们的肩膀。

从山上下来，当天住在五指山市，这里过去的名字叫通什。你知道一家海南酸粉网红店，领着我们用手机导航找到那里。饭馆生意好，排队人多，两位上了岁数的女店主，很不耐烦地回答客人的询问。我们还去了当地的博物馆，一如许多城市中的这类场所，展厅里空空荡荡的，鲜见游客。你看得很细心，有一张照片是你站在历史文物橱窗前的背影。这天你换了一身白色亚麻布料的长衣长裤，看上去轻盈飘逸。

在离开海南的头一天，我们去了分界洲岛的码头。这里是海南气候的分界线，一道牛岭山脉让南北两边有着明显的差异。从我们所住房子的阳台上，能够远远地望见这里。我们坐在海滩的遮阳伞下，望着一艘白色的渡轮，驶向两公里外的分界洲岛。岛上的多种潜水项目很有名，你说下次再来时，一定要去岛上体验一番。那天的照片上，你身着黑色的长裙侧身站着，裙裾和长发被强烈的海风吹得飘飞起来。背景是宽阔的白色沙滩，长长的一排椰子树，蔚蓝海面上正涌起墙垛一样高的白色波浪。

这一次旅行，短暂而愉快。一切都是那么美好，你的研究生学业十分顺利，一年后即将毕业，你所学专业的前几届毕业生，也都找到了不错的工作。一切都昭示着美好光明，就仿佛眼前的美丽风景。

就在那几天里，我们还设想过更多的旅行。

你提议我们下次去美国时，要走一段六十六号公路，过去几次旅行都是南北方向的，这条横跨美国东西部的大动脉，历史悠久，曾被美国人亲切地称作"母亲之路"，虽然如今大部分路段已经沦为地方道路，甚至废弃了，但还是值得去看看。你说将来要陪我们坐游轮去加勒比海，你曾经去过那里的波多黎各岛，也是一派醉人的热带风光。你很肯定地认为我会对墨西哥绚丽多彩的文化有兴趣，说老爸我给你当向导。至于国内的旅游目的地，新疆西藏，四川云南，也都提到过，但没有多说，因为觉得实现起来是更为容易的事。

我们毫不怀疑，将来还会有许多像这次一样美好的旅行，只要我们愿意。那时，当然谁都无法想到，我们的这一次相聚，实际上只是一场告别的开始。仅仅一年后，你就走上了一条不归之路。

所有的计划，从此都只能归零。天地之间，我们小小的三人团队，原本要一同走一场穿越几十年的旅程，这应该是不言而喻、不会有任何问题的。但没有料到你提前离队了。你甩下了我们，自己去另一个地方旅行了。

旅游从来都与放松惬意相伴，我不清楚，哀痛经过一段时间的过滤，再次上路时，面对风景，能否重新拥有这些感受。但可以肯定的是，从此以后，我们的旅行将变得残缺。住宿酒店的房间里，汽车副驾驶的位置上，饭馆餐桌旁，我们都会感觉到空着一个位置。

所有的美景良辰，也填补不上这个空缺。

告别之地

当寻找过去的记忆时,有很多次,散漫飘忽的思绪经过一番游移,逐渐聚拢到一个场所,仿佛照相机的镜头拉伸聚焦于一点,原本模糊的景色变得清晰。

这个地方,就是北京首都机场三号航站楼。

从你十六岁出国留学算起,你的生命中将近一半的时间,频繁地与它发生关联。十多年来,每年的暑假、圣诞节假期,个别时候还有春假,回来回去,接送都是在这个地方。区别只是在于,接机时在二层进港大厅,送机时在一层出港大厅。

接机时总是充满期盼,仿佛迎接一个节日。我们提前几天就开始准备,把你的房间收拾整齐,床单被罩枕巾都洗干净换上。到了那一天,总是在航班到达前很早就出发了,时间足够富余。我们的理由是怕路上堵车耽误,但内心清楚,其实是急于将心情调换到快乐档位。

国际航班通关要验证身份,加上等行李的时间,因此过程较长，在国际出口处等待时，通常要站上一个多小时。但这对我们丝毫算不了什么，想着一会儿就会看到你，等待也成了享受。有几次时间更长，延期支付的愿望，让期待的滋味更加浓郁。等到终于看到你推着行李车出现在出口，那一刻快乐最为酣畅。

你的目光在护栏外接站的人群中搜寻，看到我们时，你通常是眉毛一挑，咧嘴微笑，挥一挥手，然后又抿上嘴唇，扭过头去，腰板挺得直直的，仿佛很平常的样子，跟着人流走向出站口，从来不像有些女孩那样高声喊叫，喜笑颜开。我们微笑着，欣赏着你的小把戏，清楚这其实只是一种故作的矜持，因为意识到正被众多接站人的目光注视着。你这个年龄的青年男女，正是自我意识最强的时候，很在乎自己在别人眼中的形象。

我从你手里接过行李车，你挽着妈妈的胳膊，三人一同走向地下停车场。从此刻开始到回到家中，一路上的一个多小时里，是我们最为快乐的时光。妈妈像以往许多次一样，不厌其烦地问你，在飞机上坐在什么位置，邻座是什么人，吃了几顿饭，睡觉没有，难受不难受。你总是敷衍地回答，这些显然不是你在意的，然后急切地问一些你关心的事情，你喜欢的那只猫掸子怎么样了，说起学校里近期发生的趣闻时放声大笑。这一刻，你也成了一个再本色不过的女孩子。

接下来，就是长短不一的假期，长到两个多月，短到只有十多天。这段时光，从机场开始，最后又要在机场结束。

送机时的心情，显然又不同于接机时。几十天的相伴，思念你的心愿满足了，此刻离别在即，更多的是对你下一段生活的嘱咐。交通和信息联络的方便，多年间的多次往返，让这样的聚散变得习以为常，早已没有古代送别的浓郁伤感，最多只是一种轻微的怅惘。

在值机柜台办完行李托运，如果时间还宽裕，我们会到境外出发通道入口旁边的那家星巴克，喝上一杯咖啡。更多的时候，是直接把你送进去。但无论是哪种情况，在走进海关通道栏杆前，一个固定的项目，就是要拍照合影。地点和背景也是十几年一直不变，都是在值机大厅中，那一座模拟古代浑天仪造型的"紫微辰恒"黑色金属雕塑前。我先给你和妈妈拍合影照，然后妈妈再拍我与你的合影，最后，是三人站在一起，请从旁边走过的人给我们拍照。

拍完照片后，我们转身走到十几米外的通道入口，与你告别。你拉着小行李箱，有时只是背着双肩背包，迈着轻松潇洒的步子，走入海关旅检通道，然后停住脚步，转过身，向我们招手，依然和回来时一样，表情中带着几分漫不经心。在这个地方，不需要面对众多目光，因而此刻你的动作表情中没有什么假扮造作的成分，正是内心真实的投射。至少有一点，可以解释你的不当回事——今后还会有无数次的相逢相聚。你和我们，都是这样想的。

招手告别后，你转身前行。我们看着你走进海关安检门，配合着做出举臂和转身等动作，身影很快走出视野。那一道门的背

回忆

后，通向的是你未来的生活。在那么多次送别中的那一个时刻，不论是你还是我们，都确信它们一定是非常美好，那些不确定性，反而增添了一种诱惑，一份魅力。

十多年来，在这个地方拍摄的照片已经有几十张。我为此专门建了一个文件夹，将照片精心挑选出来，按时间顺序存放在里面。

你十多年的人生旅程，均匀地展现在这些照片中，和生命的成长节律恰好吻合。第一次送走你时，还是一副幼稚青涩的中学生模样，不久后进入明显的青春发育期，身体丰满了不少，脸蛋也带着几分婴儿肥；然后到了大学时光，节食减肥让身材高挑苗条，发型不断变化，衣着打扮也开始讲究，随意而又时尚。

照片上的表情，也有明显的区别。最初的几张里，眉眼间还有一些懵懂，几分迷茫，那该是混合了离开亲人的不舍，对即将迎来的陌生生活的忧虑。随着时间推移，变得越来越轻松自如，开朗欢快。笑容最为灿烂的一组，要算是在高中毕业后的那个秋季开学日，那年你考取了心仪的大学，这次离京返美后，你又将走入一个崭新的天地。人逢喜事，笑逐颜开。

看到这一组照片，我想到了四十年前的那个秋日，在老家县城东边的长途汽车站上，你的爷爷带着我等待一辆班车，要送我到几十公里外的一个城市换乘火车，去北京读大学。候车室里简陋破旧，拥挤嘈杂，劣质烟草的味道呛人，但我心中完全被快乐填满了，眼前一切都是那么美好。两种环境有天壤之别，但我相信你和我心情并没有多大不同。

在我们看来，这样的一幕，将来会不断地重复，这样的合影，也将无休无止地延续下去。那时自然谁也不会想到，那年从海南旅游回京后不久，送你经由重庆飞回美国，会成为最后的一次送别。

从此以后，这个地方对于我们来说，不再有未来，只有过去；不再有展望，只有回忆。

机场与古代的驿站一样，都是人流聚散离合之所，最容易让人产生漂泊感，洞悉人生如寄的本质，"天地者万物之逆旅，光阴者百代之过客"。你匆匆地走了，过早地结束了人生之旅，离开了这座旅舍，不情愿，但却无可奈何。而我和你妈妈，还要在这个世界上滞留或长或短的一些时日，等到某一天，重新与你会合。

今后，因为出差、旅行等各种缘由，我还会多次去机场，而那个留下许多合影的地方，是必经之地。它不应该有明显改变，它永远会是那么热闹喧哗。走过它旁边时，我会想起许多次送别的情景，想起你的身影和模样。

只是，我不再会满怀憧憬地想到未来，不再会有与你相关的种种向往，不再因为这种期待而萌生出幸福的感觉。我反复体验到的，将是幻灭，是无常，是世事的难以预料，是人生的无从把握。

一种沉甸甸的虚无感，过早地袭击了我们，如同一场不按时令节气降临的大雪。

永 远

乔乔,亲爱的女儿,你回到这间屋子里,不知不觉已经几个月了。

在你离世后不久,有几位朋友来家里看望我们时,小心翼翼地问起,你的墓地是否选好,我回答先不着急,过些日子再说。但我心里十分清楚,这间屋子,不是你的骨灰暂时存放之地,而是你灵魂的长久居所。

也有亲友建议,为了避免睹物伤情,可以考虑把房子卖掉,搬到别的地方居住。新的环境中,没有勾起回忆的熟悉事物,有助于早些从哀痛中走出来。我同样含糊作答。

他们当然都是好心,但事情并非这样简单。想象哀痛与亲历哀痛,大为不同。只要你在我们心里,就没有任何地方,能够让我们忘记你。那么,靠变换居所驱散记忆,只是一厢情愿。换句话说,如果真能够成功地将你忘记,那么不论住在哪里,其实都一样。

但我们愿意这样吗？为什么要把你忘记呢？

自从你出生那一天起，我和妈妈就不再是原来的自己了。不仅仅是两人世界变为三人，更重要的是，我们的生命质地从此也不同了，仿佛嵌入了一种重要元素，发生了一场化学反应，诞生了一个全新的精神天地。而人之为人，最核心的特质，不正是作为精神性的存在吗？你的离去，已经让这个生命共同体变得残缺破碎，而如果忘记你，仿佛此前并不曾存在过这样一种构造，一张版图，这样的态度不是我们能够想象的，隐约中它有着某种背叛的意味。

且不说遗忘无法做到，即使可以做到，它的目的又是什么呢？许多人都会说，是为了避开悲伤痛苦。但悲伤和痛苦，作为最真切也最强烈、最深刻的情感体验，正是生命存在的见证，正是一个人活着并鲜明地感知到这一点的表征。因此，如果说伴随回忆而来的痛楚，是让你在我们灵魂中得以永驻的代价，是一项未免残忍的交易，我们也认了。

所以，我们宁愿每天看着你的遗像，不断地回忆关于你的一切。厄运夺去了你的生命，但尚无法剥夺我们的回忆。如果你被记忆，那么，你的生命仍然在以另一种形式存在。每个生命都存在两次，第一次是肉体的存在，活在现实世界中；第二次是灵性的存在，活在挚爱亲人的内心里。

我想到了你的爷爷长眠的那一座墓园。爷爷墓穴的右边，埋葬着一个不幸早逝的六岁小姑娘，镶嵌在墓碑上的照片，天真可爱，笑容甜美。每次去给爷爷扫墓，总能看到小姑娘墓穴的盖板光亮洁净，上面堆放着不少簇新的玩具和新鲜的花卉，像是刚刚放上去的。每次看到这些，我们都有一种感觉，仿佛孩子刚刚离去不久。对她的父母来说，这样的感觉自然会更为真实和强烈。

记不得是从哪里看到过这样一句话，但从此牢牢地记住了：这个世界上最深的痛苦，是你一直在我心中，但我到处都找不到你。

从你化为一缕青烟，几块碎骨，我们知道，余生与圆满幸福再也无缘，苦难将给今后所有的日子打上一层浓重的底色。每一个昼夜，我们都将被对你的思念裹挟，它们像从四面八方刮来的风，像从脚底下汩汩涌出的水流，让我们无从躲避，无所逃遁。

但是，我们也安慰自己，那种诀别之际的悲恸欲绝，不会是永远的。

几十年人生阅历，耳闻目睹间，我们知道了什么是生命的自卫机制。一个人从苦难的深渊中挣脱出来，靠的是本能。我国古老的典籍《论语》里也称，"上天有好生之德"。孔子是现实主义者，"子不语怪力乱神"，因此这里的上天，指的是一种冥冥中的力量。我们愿意相信这一点，期待会有一双手来救我们出苦海。因此，我们相信，随着时光的流逝，将来想起你时，不再总是摧肝裂胆一样，而会逐渐弱化，会被隐隐的疼痛替代。它仍然是痛苦，但是可以忍受。

那么，可以忍受，就是继续活下去的理由。

你将在这里永远住下去，不必考虑再换个地方。

此前十几年，我们与你聚少离多，此后若干年，我们将和你在一起，相守相望，为每一个日子创造出质量和密度，用尽此生的时间。你的肉体消失了，不再有具体可感的形态，今后我们只能在想象中抱紧你，直到有一天丧失想象的能力。

现在，在你回到家里几个月后，钢琴台面上，又换成了几张别的照片——

你站在上海东方明珠电视塔下面的台阶上，双手交叉，姿势乖巧。短头发上别着三只纽扣式的小饰物，鼓鼓的脸蛋上露出微笑。你穿的是一件黑色的圆领半袖衫，胸前印着一幅卡通动物图案。

你穿着宽大的白色睡袍，抱着你最喜爱的掸子，从阳台上向餐桌旁走过来。掸子在你双臂间蜷缩成一团，眯缝着眼睛，仿佛一个毛茸茸的圆球，一副逆来顺受的慵懒表情，一只眼角上挂着一点眼屎。

你背后是一面漆成雾霾蓝颜色的墙壁，墙根下的长方形花坛里，几丛月季摇曳着粉红色的花朵。你戴着墨镜，身着深蓝色圆领长袖衫和一条泛白的牛仔裤，腰杆挺直地站着，阳光在裸露的左脖颈和肩胛处投下一片阴影，映衬得右半边脖子格外白皙。微微斜仰的脸庞上，是一种带着几分傲气的神情。那是你读研究生第一年的夏天，去旧金山的一家医院实习。

…………

回忆

这些照片，还有数量更多的留下你的印迹的各种物件，是你的生命曾经存在的物证，同时，也成为一道拦阻忘川之水吞噬我们记忆的堤坝。

平时，我会定期清理手机里的照片，将打算保留下来的那些分门别类地建成文件夹，存入移动硬盘后，再从手机里删除，以便腾出空间。但你这一年多患病期间的照片，不论是我拍照的，还是别人发来后下载的，我都留在手机里，随时可以点开看。它能够让我感觉到，白天黑夜，行走止息，我都没有须臾离开你。

这样的时刻，我总是愿意想象灵魂的存在。

那样的话，你飘浮在虚空中的目光，就会看到我们每天走进屋子，擦拭干净钢琴的盖板，栗色的漆面永远闪光锃亮，一尘不染。每隔几天，你看到我们在一个餐盘中放上几个新鲜水果，摆到骨灰盒前面；你看到我们向一个高筒玻璃花瓶里插上几枝时令鲜花；旁边还有一个欧式花瓶，里面插着一束紫色干花。你看到我们将三支檀香插到小香炉里的小米堆中，点燃，馥郁的香味随着青烟袅袅升腾，传递到你的鼻端。你听到我们在祷告，祝愿你健康安宁，平静，喜乐。

你在某一个遥远的地方，望着这一切。我想象不出，那会是一种什么样的视角，视野中的景象，又会呈现为几维的画面？你不说话，你说不出话，但你应该能够感受到我们对你的爱。

再退一步讲，即便阴阳原本隔绝，天国只是幻影，即便一切都是虚空，你更是虚空之上的虚无，又有什么关系呢？只要你在我们心中，你就仍然还活着；只要你在我们的记忆中，你的生命就没有真正消失。

好在维持这一点并不困难，眼前的几张照片，脑海里的数个画面，更有将近三十个春秋中无数的故事和场景，细节与片段，都为回忆提供了丰富的薪柴，足以让思念的火苗缓慢然而持久地燃烧。

我担心的只是，将来某一天，衰老和疾病导致我们神智昏昧，不再能记起你，那样，你就是真正地消失了。这才是最大的悲剧。祷告上苍，让我们能够避开这样的灾祸，始终保持一种清明的理性。

如果一切正常，没有意外发生，能够依循自然的生命流程的话，再过十几年、二十年，我们也将离开这个世界，走进你所在的那一片广袤虚空。

那时，生与死的界限消泯殆尽，我们与你又复相聚在一起。主体与客体，回忆与期盼，呼唤与应答，真实与想象，所有的一切，都会融为一体，浑然无间。

再不会有任何力量，能够把我们分开。

附：

女儿文章四篇

亚洲人在美国的尴尬

法拉盛（Flushing）位于美国纽约的皇后区，经由地铁与曼哈顿相连接。这个区域，与冷清的纽约郊区大为不同，不算宽阔的街道旁边，超市、餐馆林立，街上人群和车辆络绎不绝，熙熙攘攘。这是纽约最大的亚裔聚集区，华裔、韩裔、日裔，以及其他许多少数族裔共同生活在这里。

感恩节假期时，按规定不能留宿在学校，我和几名中国留学生，便联系去位于纽约的华人所经营的家庭旅馆住宿。当初选择这里的目的，只是为了方便进出曼哈顿，以便能够见识到感恩节的大减价，但未料到整趟旅途最为触动我的，却是本来只用作夜晚休息之所的法拉盛。

拖着笨重的箱子，从曼哈顿开往住处所在地的地铁上下来，眼前的景象令我顿生恍惚之感。傍晚的街道绝对谈不上干净，空气中弥漫着一种混合着粉尘和食物的熟悉味道。此时正是华灯初上，街边拥挤的小店开始亮起招牌：亚洲超市、中国味、钱柜……老旧的红色霓虹灯上装点的楷体汉字，让人分不清身在哪里。

我们住宿的家庭旅馆，由一位华裔中年妇女所开，是一栋不大的二层小楼。一共五间小房子，三间供出租。由于房租便宜，来这里暂住的基本都是华人学生。女主人是这里的第二代移民，父母在二十世纪五六十年代漂洋过海来到美国，她本人在这里出生，却从小生活在华人圈里，不怎么会讲英文。也难怪，许多美国的中国城已经是自给自足的小社会，从吃到用样样俱全，甚至一些商品在中国都不见得能找到。在这里生活，确实是只靠中文就可以过一辈子。女主人的丈夫七年前死于车祸，唯一的女儿考上了一所不错的大学的商科，现已出嫁，嫁的也是移民来美的第三代华裔，现在在曼哈顿当职员。

因为奔波的劳累，那天晚上的聊天并没有进行多久，我睡得很沉，睁眼时已是清晨。

清晨的法拉盛，不像傍晚时分那样拥挤喧嚣。出门吃早餐时，看到许多老人在报摊上买一份中文报纸，然后就坐在路边的长椅上看起来。不远处，几个牵着狗的太太相互嘘寒问暖，语调夸张。早餐是在一个小馆子，吃久违的雪菜肉丝面。这里已经不像是在美国了。这个不大的地方弥漫着的遥远的东方文化的氛围，让我深深感动，却又感觉到一缕压抑。

想起刚入学时，英文老师给我们看过一个关于亚洲演员的纪录片。片子介绍了好莱坞电影中亚裔演员的情况。亚裔的大部分演员在美国电影中担任的角色，只能是配角或反面角色，而在美国人看来每个华人都会的中国功夫，更有力地渲染了这种反面影响。一般的白人看到亚裔出现在电视屏幕上，会在很快的时间内转台。这种行为不知是出于一种什么样的心理，但这却是亚裔在美国找不到位置的症结所在。片中有大量演员的访谈，他们生着黄色的面孔，却说着地道流利的美式英语；不时穿插着完全西化的表情和动作，却在美国找不到自己的舞台。纵然我羡慕片子里黄皮肤黑头发的他们流利的英语，却为他们尴尬的处境叹息不已。也许身为亚裔，身为华裔，你可以终身轻松地生活在法拉盛这样的地方，做一个厨子，或一位美甲师，安稳地过日子。但当你不满足于这些，想要离开这里，走向更广大的天地、融入美国的主流社会时，你就会意识到，你还需要做出太多太多的努力。

虽然我只是在美国就读高中，但也已感受到美国的种族界限之分明，果然是名不虚传。学校的餐厅里全是圆桌子，大家盛饭以后可以自由选择座位。你每每会发现，用餐时间成了种族聚会。美国人和美国人坐在一起，拉美人等讲西班牙语的坐在一起，讲中文的坐在一起，韩国人又坐在一起……同是美国人，又会分类：一般是白人一起坐，黑人和拉丁裔等颜色偏深的坐在一起。我们学校亚裔不多，不知如果有了讲英文的亚裔，他们会不会单独开辟小圆桌？我想答案也是肯定的。

也许这已成了一个潜规则，很难被改变，更不能不接受。

就是在这个餐厅中,我第一次目睹了白人对亚洲人明显的歧视。那天是个家庭开放日,所有学生的家人都应邀来学校参观。中午吃饭时,因为就餐者比平时多三四倍,小餐厅自然是人挤人爆满。坐不下,学生们又要赶课,所以只好挤一挤并加快往嘴里扒饭的速度。两个刚来到这里上学的中国女生,端着托盘好不容易找了一个勉强可以挤下两个人的小地方,却不知道旁边已放上托盘的主人,现在正在不远处装饮料的两个美国壮汉男生,对亚洲人有严重的歧视。他俩属于体格粗壮头脑不发达的人,在运动场上也许是把好手,对待白人也很绅士,却缺乏真正的修养。他俩说笑着端着饮料杯走回桌子旁,看到旁边坐了两个黄皮肤的亚洲女生。他们于是故意不坐下,摆出一副大惊小怪的神态,夸张地叫喊着,说一些无理的、鄙俗的话语,想要引起大家注意。好像坐在亚洲人旁边吃顿饭,是件极其丢面子的事情。最后,两个中国女生只好委屈地起身让座。这算是我见到的一桩最明显的学生间种族不合的案例。虽然事情并没有发生在我身上,我只是目睹,但我却感到一种深切的伤痛。我又何尝不想冲上去,对那两个高大的男生喊这不公平,你们不该这样。但是这样做究竟能起到怎样的作用呢?种族的阴影几百年来一直没有被驱散,不管表面的文章做得多么完美,存在于人们心中的深深的沟壑,毕竟不可能一下子填平。

在出国之前,我所生活的环境极其单纯。上学放学,几个好朋友,仅此而已,和社会接触很少。然而出国后,面对的不仅是学习的紧张，独立生活的压力，还有人与人之间的交往——这里的一切都像一个现实的社会。而这个社会中的你不喜欢的东西乃至阴暗面，如果不能改变，我们也只有尝试着去面对，去接受。没有事情是绝对公平的。有一句话说得不错：接受不可改变的，改变不可接受的。

我们需要时间，来使自己强大起来。

其实相比黑人和拉丁人，亚洲人在美国所遭受的不公正待遇更多，更加苦涩，却时常被忽略。就拿我了解较多的大学招生来说，同一个学校的学生，如果身为亚裔，即使成绩等各方面非常突出，在面对大学的录取裁决时，也不敢过于乐观。因为他很容易被一个条件远远不如自己的黑人或拉丁人轻松击败。大学在录取时，往往会限制招收亚裔的比例。因为在亚洲人的传统观念里，用功读书是最重要的事，他们的成绩也往往高于其他种族的人，那么这样便是不给其他族裔的人读好大学的机会——这可是在美国，这怎么行？也许你会感觉这有些荒谬，然而许多美国人就是这样想的。

通过聊天，我大致了解了女主人的家庭情况。她的女儿在美国人中接受教育，中文不太好，和妈妈的交流必须中英文并用，还要配合着手势动作。但她像大部分亚裔一样成绩不错，进了一所不错的大学，学的是在亚洲人中很吃香的商科。她最大的痛处，是无法找到身份的认同感，不知道哪里才是自己的根。说着地道的英语，却长着一张异乡人的脸，这让她面临着尴尬的处境。无法完全融入美国主流社会，又与故乡的文化有着隔膜，这也许是大部分第三代亚裔和当今移民美国的优秀人才共同面对的问题。

几年前轰动一时的弗吉尼亚理工大学校园恶性枪击案中，凶手赵承熙是一个韩裔学生，他在开枪杀死三十三人后吞弹自杀。这也许就是长期被歧视，找不到归属感和认同感，从而引发心理变态而导致的恶性后果。

前阵子在 ABC 电视台刚播了几集就被停播的剧集《女人帮》(Cashmere Mafia) 中，曾出现这样一幕耐人寻味的场景：由刘玉玲饰演的女高层出版商 Mia 和华裔外科医生约会，她问他为什么不主动约她出来，外科医生说，他不常追中国人。Mia 刚要生气，却被医生反问道她自己曾约会过几个亚洲人。"两个。"Mia 说出这话时，忽然意识到自己和他的差别只是半斤八两，两人会心一笑。这反映了一个有趣的现象：身为律师、医生、经理人等位于职场高端的亚裔，为了在白人世界里立足，获得认同感，同时也为了对父母包办式的族裔相亲表示叛逆，往往不太喜欢寻找和自己同族的伴侣，而是选择和白人交往。这揭示了亚裔寻找自我的另一个方向，也许并不是什么坏事。

在美国的少数民族中，亚裔是比较不被关注的族群。但身为一名中国留学生，我却对他们的生活处境，他们的内心世界，充满探寻的热情。可惜时间有限，在法拉盛的时光一晃就过了，我满怀心事回到学校,期待着在以后的漫长日子里,随着对美国社会进一步的熟悉,对这样一个话题,能够有更多的了解,更深入的认识。

写于 2009 年

在美国上历史课

告别美国历史课,我大大地松了一口气。回想起这一年间品尝到的种种滋味,感慨很多,写下几笔,以作留念。

美国历史是所有高中生的必修课,一般安排在十或十一年级。历史课本厚厚的,足有几斤重,大开本,封面花哨,翻开以后,密密麻麻的小字排得满满的,还配有五花八门的插图,便顿时感到这是一个"灾难"。那时我刚来到美国,英语听力还不成,一上来就砸来了这样一本书,弄得我满心慌张。

教这门课的莫泽(Moser)先生,是一位大胡子的中年男人,耶鲁硕士,不苟言笑。他戴着一副颇为流行的大黑框眼镜,眼睛碧蓝清澈,一圈围着嘴巴的棕色胡子颇有特色,看上去就像个知识分子加文艺中年。他和他老婆、儿子就住在学校,一家人常常结伴散步,气氛安谧美好。这给人错觉。其实他教起课来十分严苛,恨他的人很多。

第一节课,我懵懵懂懂地转进教室,还没坐稳,就被他的一声大喝吓住了："读夏季阅读了吧，现在做一个测试！"

我当时就两眼一黑，心说：罢了罢了，安心地去死一回吧。作为刚刚入学的一名新生，我来美国前在中国买不到夏季阅读课程所开列的书，只得借助网络，把能查到的资料匆匆浏览了一遍。他要求，上美国历史这门课之前的暑假，要读完两本历史小说——一本是写一个黑人被栽赃谋杀而遭处死的故事，另一本是关于第一拨英国移民到了詹姆斯镇（Jamestown）后的故事——对天发誓，对这些内容，我那时所知道的不超过两句话。

试卷发下来，我更是倒吸一口冷气，意识到像自己这般经历过中国式题海的人，对"变态"题目见识得还是不够多！满满一页，全是如此这般的细节：某个殖民地首领的儿子的名字，被栽赃入狱的黑人在狱中最常说的一句话……

这就是我的美国历史课的开篇。测试结果很不理想——这倒也正常。

我们这个历史课班，刚开始时只有八个人，后来又有人转进来，最后变成了十一个人。这样的人数，在这里的各种课程班中算是多的了，但仍然片刻不能分神，因为莫泽厚厚镜片后的大眼睛，时刻都在盯着教室里的每一个人。教室的气氛异常肃穆，连那几个平时特别活跃的波多黎各男生，也不敢吱声。

我想起在国内读初中和高中时所经历过的历史课，不由得咂舌。在中国，从初中上到高中，历史课从来都是轻松无比。只在要考试时背背练习册的答案，就一定能高分通过。因此，历史课简直是聊天课、打游戏课、补觉课，想逃课，首选也是它。然而在这里，不仅要一遍一遍地通读书本，还要牢记一些不怎么常用的专属名词，平时每天都要把大量时间贡献给历史材料的阅读，此外还要投入很多精力预习第二天的课程，考试之前更要开夜车。

在国内时，我的观念已和太多的同龄人一样，认为教育就是理科为主，文科为辅。正如那句很流行的话所说的：学好数理化，走遍天下都不怕。然而在美国，据我的观察，反而是文科所受的重视更多——SAT考试中文科题占了大部分；美国学生普遍重视读原著和写作；此外，美国人普遍不怎么发达的理科思维，也从反面证明了这一点。所以，历史课绝对是高中生的一个重头戏。而对我来说，更为骇人的是，绝大部分的美国高中生都很喜欢历史的学习。唉！

抛却个人好恶，不管怎样，这门课我撑也得撑下来呀。我发誓。

下决心不难，但做起来绝对不容易。每天我都要花大量的时间，用母语之外的语言，去记下那么多人名、地名、年代、战役等。美国史只有短短的三百年，但在这本书里，却像是有三千年：每个细微之处都被提到，被充分描述，被无限放大。莫泽先生也很喜欢从细节下手出题，这使我们不得不在每个年代、名字等微小事物下画线并记忆，丝毫不敢疏忽。在这一点上，第一次考试后让我脸上发烧的成绩单，一直是激励我斗志的最有力的武器。

历史课的作业量每天都很大。不是读一章好几节的芝麻小字，就是读短文回答问题，更麻烦的是"比较阅读"：篇 A 给出一种观点，篇 B 又是一种，两者或者是相互依靠的，或者是对立的，又或者根本就八竿子打不着。这让我想起了 SAT 的批判性阅读（critical reading）。还有一种便是论文了，要求对一个事件发表你的观点，或是续写一个故事，推测一个人的心理，又或者是把历史人物放到其他时代并编纂故事。总之，五花八门无奇不有。

在课堂上，莫泽先生用幻灯片的方式，把知识点清晰地列出来，并且配以解说。这种教学方法，好处是条理清晰，便于梳理，而缺点在于不太抓人，听者容易分心。我在刚去的那几个月中，每天上历史课的收获，便是抄了许多笔记——当时我光是手上的动作就忙不过来了，对他的解说，我听起来实在是力不从心。于是每晚，都把脑袋伏在那一片潦草的笔迹上，仔细辨认，努力理解，时时感受着一股浓重的挫败感。没办法，我不算特好强，但还算是好面子，所以只能咬牙拼搏。

为什么好面子驱使用功读书呢？因为在这个莫泽手里，每个学生的成绩不算是隐私。他有一个很独特的习惯，喜欢运用一些高科技的玩意，比如说电子答题板。每个人手握一个圆圆的小东西，上面有 ABCD 的编号，他在投影上放题目，我们在小东西上按答案。于是全班每个人的答案就能被别人看见。这还不算什么，最可怕的是，每当做了大概二十道题后，莫泽就会从哪里抽出来一个成绩统计——每个人每道题选了什么，用了几秒钟，正确率多少，都记录在上面，一览无遗。当你得到一个比所有人都低的分数，而又被暴露在众目睽睽之下，那种滋味，只有体会过才能明白——那也正是我来美国以后第一次痛哭的原因。

那天之后，我更是天天陷入紧张忙碌之中，一有时间就拿出历史课本仔细研读，崭新的书被翻得卷边起皱。等到最后学完了这本书，二百多美元一本的书，白送都没送出去，太破，没人肯要！当然，这是后话。

回想这一年的历史课，真正是苦不堪言。然而经过一番拼搏，看着自己的成绩一个档次一个档次地提高，最后达到了和美国学生一样的水平，心中还是感到欣慰的。劳累终于获得了酬报。在美国中学的校园里，我也更加深入地明白了"梅花香自苦寒来"的含义，虽然这句诗是在国内读语文课时学到的。

写于2009年

亲情感悟

读德国作家赫尔曼·黑塞的小说《悉达多》时，被其中一个不算重要的场景所触动：悉达多向父亲请求让自己离开家，父亲看到他望向远方的目光时，便意识到他的儿子在心里已经离开了他，于是便同意了儿子离家去寻找自我。

这区区几行文字看上去很平淡，但其蕴含的东西，却是几乎每个人或多或少都会体验到的。随着年龄的增长，阅历的增加，在某几个瞬间，也会有类似的感觉，像惊雷一样，滚过我的心头。虽然我还远远没有到为人父母的年龄，但似乎已经能够体验到那一种看到儿女长大后远离自己时的心境。

我也是那个远离父母的子女。当我第一次在首都机场海关通道前，和送行的父母挥手告别时，为什么没有想到，他们此刻是什么心情？

心智的迅速成熟，是在离开家人独自生活之后。我开始关注一些以前从未留意的东西。繁重的课业压力，需要费心维持的人际关系，让我竭尽全力，常常会忘记给在地球另一边的亲人发一封电邮、打一个电话。潜意识里，总以为生命漫长，将来会有很多的时间，去做该做的事情，现在不必着急。然而最近，几个亲人接连患病的消息，给了我沉重的一击，让我百感交集，生活好像在刹那间偏离了轨道。我第一次强烈地意识到，生命的过程，瞬息万变，谁也不能说出下一刻会发生什么。生死离别并非都是别人的故事，也并非都是遥远的事情，它可能就近在咫尺，潜藏在触手可及的地方，随时会露出狰狞的面貌。

我也进一步意识到，我已经告别了天真烂漫的年龄，必须学着去面对生命的重担，去承受命运的一切。

这个十一假期，爸爸妈妈陪同姥姥姥爷回了一趟湖南老家。回来后妈妈说，她感到姥姥姥爷明显老了，从动作的迟缓即可看出来。我曾经阅读过爸爸的一篇散文，他细腻地描述了爷爷奶奶逐渐衰老的过程，文字间荡漾着浓重的感慨。如今，我也终于真切地体会到了这种感慨。不知道这种感受对我来说是否来得太早，也不知是该叹息还是该庆幸。

也许对每一代人都一样，都必须去面对这样的情感体验。在仿佛受到冥冥中某种力量掌控的人生轨迹中，各种情感体验，是对我们自己的生命存在的最有力的印证。

姥姥家客厅的墙壁上，挂着一幅放大了的全家福照片。那是一个春末夏初的晴朗的日子，全家人坐在草地上野餐。我咧嘴笑着，因为正处于换牙时期，牙齿参差不齐，眼睛眯成了一条缝。

哥哥那时刚上初中，小小的个子，模样还像个小姑娘。爸爸妈妈、大姨二姨都还年轻，头发乌黑，笑容欢快，神态中透着健康和神采。姥姥姥爷在照片中间，脸色红润，神态满足。

不知不觉十几年过去了，如今哥哥已经工作数年，分期付款买了房子，即将结婚。姥姥姥爷也于两年前，住进了京郊的一家山庄养老院。我也有了数次为父母把开始变白的鬓角染黑的经历。而二姨却生病了。

二姨没有结婚，没有子女，却待我和哥哥如同她的亲生子女。在我上小学和中学的多年中，她曾不知多少次接送我上学，在我做手术时天天带着食物来看我，还带我去了一趟日本游玩。那时不懂事的我却认为这一切都是理所当然的，并没有心存感激，我的一些话甚至让她伤心。我曾经因为她在异国不懂英文而嘲笑她，现在回想起来，心里如同针刺一样疼痛。我其实早该明白，像她那样在那个不正常的年代中长大的孩子，能有现在的文化水平和工作成绩，已经算是很不错的了。而我从小生活在优越的环境中，却对自己的长辈百般挑剔，如今想来真觉得歉疚和羞耻。

二姨现在要做手术了，我帮不上任何忙，只能在远方默默地祈祷，期望她能够一切顺利，哪怕这只是安慰自己。

妈妈曾经开玩笑地对我说，现在家里已经老龄化了，就你和你哥哥两个年轻人了。

谁不愿意和亲人在一起，长相厮守，永不分离？但时间永远残酷地流淌,一去不返,无论是哪个人,无论希望多么强烈,也无法使它驻足、定格。太阳底下无新事。每一个生命的轨迹都是相似的。小时候,受到全家人的宠爱和呵护;青年时,开始追寻自己的梦想,眼睛望着天边某个影影绰绰的目标,很容易就忽略了身边的亲人;人到中年,有了家庭和子女,开始体会到为人父母的心情。随着年龄的增长,在你和父母之间,照顾者和被照顾者的角色会悄然地、逐渐地发生变化,直到彻底地转换。

有些事情既然不能改变,那就只好去接受吧。刚刚走入青年的我,自觉已经朦胧地意识到了生命的本质上的悲剧色彩,那么,应该做什么、怎样做才算妥当,才能够避免将来某一天会追悔莫及呢?

妈妈又说,她该多花时间陪陪姥姥姥爷。

姥姥姥爷,奶奶爷爷,都已经八十岁了。虽然不愿意去承认,但是对于身在国外的我来说,真的是聚少离多,见一面少一面了。

我仍然清晰地记得,当我还在上幼儿园时,姥爷每天下午都来接我,在路边的小摊上为我买装在白色瓷罐里的酸奶。因为好奇和任性,我指着商店里一款当时最贵的学习机让姥爷给买,别的一概不要,姥爷也眼皮都不眨一下地为我买回来。然而我的好奇心并没有维持几天,又去追逐别的东西了,学习机早已不知被我丢弃到哪里了。还有一次,我因贪玩爬上了幼儿园滑梯的最高处,却丧失了滑下来的胆量,是姥爷一步步费力地爬上去救我下来的。

  关于姥姥和奶奶的记忆，都弥漫着美食的香味。每次去看望她们，她们总会端出各种拿手菜。奶奶的焖饼和茄盒，姥姥的家常菜以及要我一定注意增强营养的反复的嘱咐。当时我对姥姥的唠叨不胜其烦，因为莫名其妙的对体形的担忧，而多次极不礼貌地拒绝了她们的关心。如今我远在异国，还记得多年前姥姥夹菜给我，被我转着身子闪避开时，那一脸的失望和突然的无语。此刻想起这些，心中一阵纠结难受——当时怎么那么不懂事啊！

  而爷爷，总是把零花钱积攒起来，凑够一个整数，用洗过的手绢包好偷偷塞给我。他节俭了一辈子，连买菜都要比较两三家，却常常给我钱，让我去买喜爱的玩具和杂物。

  哪怕是在多年后的今天，在远隔万里的异国他乡，想起这些，鼻腔里也仍然觉得一缕酸楚。小时候的不当行为，不知曾伤害过他们多少次。现在终于意识到今是而昨非了，却不知道时间能够允许我补救多少。

  亲人，亲情，是我们无法掌控的人生旅途中，最宝贵且可以抓住的东西。以我现在的年龄和经历，还没有资格去谈论高深而博大的东西。我所能做的，就是努力珍惜这种最为宝贵的东西，不让遗憾和悔恨在将来的某一天咬啮自己的灵魂。

写于 2009 年

小猫的名字叫"掸子"

今天是小猫在我家落户整两个月,也大约是它出生一百天。我本是想写一个诙谐小品来纪念,却发现自己在想起一些可写的内容的同时,总是会扩散般地想起更多的东西。好不容易才收住笔,又觉得我远远没有表达出它的娇憨可爱的个性,在此对它表示抱歉。我深深感激它出现在我的生命中!

两个月前,这只虎纹花斑短毛猫突然出现在我的生命里。那个晚上,在这座巨大的城市的另一端,在一群不停地蹒跚摇晃的茸毛球里,在灰白斑纹、性格孤僻的母猫虎视眈眈的斜睨下,它因毛色的出众(唯一的老虎一样的黄色)和现身那一刻的惊艳感而被选中。在夜色里五十多元路程的出租车上,它在更为黑暗的纸盒里瑟瑟发抖,不时试图从盒子口蹿出来。出租车半开着窗,送进呼呼的风。我们都隐隐恐惧如果它蹿出来的话,会顺着窗口跑出去,于是极其费力地按住纸箱,到家时已很劳累了。

在出租车上,它的名字,这重大的话题,就已经开始被充分地商讨了：大饼、油条、豆包（吃货无意义的爱称）、××（我爸的名字——它蹦出来时，我和妈妈在车上笑得岔气，司机从后视镜诧异地瞅了一眼）；玻璃种（翡翠爱好者的调侃），然后又循着联想的路径被调侃为另一种语言中的发音格拉斯（glass）。小猫抵达我家后，在最初的畏葸后，开始寻找自己的领地。在从角落的花盆爬到茶几，又从沙发蹿到我们的怀里后，它的名字终于被妥协为掸子。

它在屋子的每个无足轻重的角落钻来钻去，哗啦哗啦的铃声渐渐隐去，片刻沉静，它定格在布满灰尘的 DVD 堆和低柜的上沿之间，挤出一张被压成的扁脸，眼神警觉，在感知到注视着自己的目光时，猛地把头缩回去。那些灰尘，在它再次钻出来时，有时会在一道恰巧打在那儿的光线里转着圈地向上升，而它瞪着大眼睛向上看，扁着老太太的两瓣嘴，想从被自己掸起的灰尘中瞅出一丝端倪。

然而不论怎样，它到现在都不知道自己叫掸子。从网上的经验帖子和朋友的口中了解到，让猫熟悉自己的名字该这么做：在给它呈上一盘珍馐后，它的头低着，小舌头出来进去地忙碌时，你得慢慢抚摸或者轻轻拍打它的头背，按照同样的节奏唤它的名字。不出十天，小猫就应该有所感觉。

但不论我们怎么努力，它吃饭时耳朵似乎永远处于关闭状态。它呼哧呼哧地舔着盘子，把拌着肉罐头的猫饼干搅动得哗啦哗啦响。从它的脑袋顶往下抚摸去，"掸子，掸子……"，除了愈发带劲的狼吞虎咽,它没有别的反应。掸子,"子"并不是清音,在结尾时生硬地被甩下去,而是发出"滋"的长音,被平缓地送出去很远。"掸(dan),滋",这样温柔的两个音节,居然被隔绝在它的听力之外了。(在这里我突然意识到自己提出的"大饼"没有被采纳的原因。大,快而生硬,下拉的四声像不慎落下的重物,饼,嘴抿一下,被压扁的音节被送出,懈怠地停住。)

吃饭时,小猫的天性便暴露无遗。它的一些小动作,让我意识到世间生命各有自己的神奇方式。每次享用美食后,它会在木地板上做出刨地的动作。网上说这源于一种种族记忆:野外生活,食物时常匮乏,猫科动物把食物埋起来不和外人分享。这作为一种本能的自保行为,从血脉里祖祖辈辈传下来。现在松软的泥土变成了结实光滑的木板地,掸子依然把小爪子伸长,干脆又坚定地划来划去,那姿势和摩擦而生的吱扭声,让我想起汽车挡风玻璃上的雨刷器。紧接着,同样是出于种族记忆,掸子会坐下来细细地洗一把脸。猫从前靠埋伏捕猎擒获生肉,在撕开猎物时难免会在胡须和嘴角留下气味和痕迹,这既给下次潜伏带来不便,又有悖于它爱干净的名声。我看着掸子用舌头舔舔前爪,再用前爪从胡须到脸颊一丝一缕地摩挲,眼睛眯着,小圆脑袋按节拍摆动。它用左前爪擦左半边脸,右前爪擦另半边,换来换去却只顾及了巴掌大的地儿——在一个突发奇想的异族旁观者眼里,如果把它的圆脑袋看作一只卡通小鸡的头,掸子费力清洁的V字小脸,就好比贴上去的倒三角形、深橘红色的卡通小鸡的嘴——在那么一小块儿范围里,掸子优雅地沉浸,我却在一旁着急,想赶快拽来一块沾湿的毛巾,帮它一洗到底。

都说猫是独行者、势利眼,得到食物后就躲到角落,避开不必要的亲昵。伴随而来的,是狗有多么单纯忠厚:吐着舌头,喘着粗气,呼哧呼哧地扑到你身上,探头探脑地乱闻一气,亲你的嘴。然而在和它相熟了之后,我们意识到开始时想象中的顾虑变作了现实。掸子黏人的情形,可以形容为让人"有时稀罕有时烦"(sometime it lasts in love and sometime it hurts instead ~ ohh ~)。但凡一个想做一点事的人,和它同住一个屋檐下的话,需要足够的定力和"残忍",才不会"玩猫丧志",为之所耽溺。当它悄没声地迈着猫步走过来,小脑袋一歪,抿紧嘴巴,竖起尾巴,在你的双腿间蹭来蹭去,你会不可避免地感到一股柔情袭来。回家时,开门以后,多数时候会发现它正蹲坐在进门处的方块小地毯上,摇着尾巴等待。在换上拖鞋后,它会像跳钢管舞一样直立起来,抱住我们的腿。

有了掸子,我们变得更善意和温柔——在判断掸子亲密行为的动机时,在温情流露和索要食物之间,我们会坚定地相信前者。时常,我坐在沙发上看电脑,搭在茶几上的脚就开始发痒。小猫蹲在那儿,歪着头就向我脚心上撞来。几个来回,我忍住笑佯装不理,它便把我悬空的腿当成茶几和沙发间的一架独木桥,颤颤巍巍地漫步过来。它呼噜呼噜地爬到我身上,歪斜着脑袋,两眼贼一样转动,踌躇着下一步该蹭什么。我故意把手掌朝下悬空放着，这小家伙果真钻过去，把头紧贴着我的手心，逆着我平时爱抚它的线路向前钻去。于是我顺着它的意思，从头顶到尾巴地抚摸了它几下，这个毛茸茸的"小风箱"便发出惬意的哼哼声。它眯缝着眼睛直视向前，时不时突然回过头来瞟我一眼，当发觉我竟没有把心思全放到它身上时，就一下蹲到键盘上，抱着一种小孩儿般的心理，试图挡住我的视线。它在键盘上踩来踩去，电脑也默契地配合着它：屏幕亮了又暗，音量"咯咯咯咯"逐步增加，输入栏里堆砌上几排乱码，页面放大又缩小。面对这黏人的小东西，要狠下心来置之不理（通常情况下只能躲到另一间房关上门不让它凑过来），才能完成手头着急的事情。

我保留了一张它刚来几周时被拍下的照片：背景是黄色花格的桌布，两个黑发的脑袋，一个土黄的脑袋，围着一个圆形的蛋糕——三口之家。这张鸟瞰图，是爸爸在我和妈妈你一口我一口吃蛋糕时踮着脚悄没声地拍下的（掸子狼吞虎咽，真是不爱吃甜点不是一家猫）。看到照片时，我为这种随意的生动而惊喜。随着小猫逐渐长大，功力渐长，每当人吃饭时它就一个箭步扑上餐桌，在碗盘之间悄声迈着脚步，这闻闻那嗅嗅。

为了防止它把灰尘带到菜里，爸爸装出凶恶的样子，把它抱到另一个屋子里，合上门。于是便有仿佛铃铛打在门板上的慌乱的乒乒乓乓声，自上至下参差不齐的爪子挠门声，然后是按照一定节奏响起，却越来越哀婉无力的喵喵声。等人完成用餐，给小猫开门，它像动画片中的人物冲出悬崖，仍在半空中蹬着腿一样，扒着门的身体突然失去了倚靠，却因为惯性在半空中顿了一下。然而它从悬空中立刻回过神来，倏地从门口的位置向后转身，蹿到沙发下的隐秘地方，闪着大眼睛向外看。在另一个一瞬间里，它冲出来，三步两步跨上餐桌，像在沿着记忆寻找。我好似明白了，"馋猫"一词并非偶然而得。

小猫脖子上系着一对樱桃大小的鲜红的铃铛，以便能够循声寻踪。总不能放它进卧室，和睡眠很浅的一家人分享夜晚。在关上卧室门之前，它像一小尊瓷像一样蹲立在那里，有那么几秒钟，从我所在的角度看过去，它的眼睛在黑暗里变成两颗水蓝色的玻璃球——它看着黑暗，还有它也许能够感知到的、自己将独处的这一段漫长的时间方块。

做一只猫，是什么感觉呢？在它眼里，这块时间还未被钟表上的刻度线、"滴"声和"嗒"声之间短促的寂静所分隔，也许时间本身就不存在。做任何事情都出于本能：饿了吃，困了睡，好奇地和每件小东西玩耍，想要亲昵时便自己寻找。没有无处不在却始终无法好起来的、乱成一团的忧虑，只在当下寻找可及的乐趣，是否反而更能接近生活的本质？

爸爸经常对凑过来表示亲昵的掸子呵斥："不要这么放肆，别以为谁都喜欢你。"他拧着眉头的样子有几分凶恶，但我看出来他其实言不由衷。他左右手分别抓住小猫两条前肢，把它举起来——掸子瞪大眼睛，茫然地悬空呆望着。他举着掸子到处乱走，欣赏地望着拼命打挺、体形时而蜷曲时而挺直的小猫。刹那

女儿文章四篇　　251

间，我仿佛回到了那段大部分是来自别人讲述、一小部分是来自自己依稀的记忆的时光：他把一点点大、光头的我举到窗台上"看身材"。他双手夹着我的胳肢窝，不让我一站三道弯。我经常愣愣地看着他，突然出手，唰地一下抓下他的眼镜。多少年过去，他的黑框眼镜已变成了更为成熟稳重的金属框，镜片后的眼神也沉淀了更多东西。我望着他举着掸子走来走去，嘴里哼唱着"小猫猫，出来了，白胡子，白眉毛……"这是他当年哄我时哼的歌谣，只是他把"老公公"改成了"小猫猫"。此情此景，让我觉得一切都没有改变。

小猫轻声慢步，前肢直挺挺地伸出，关节处也不弯曲，沿着一条线悠悠而行。优雅和机灵，我还没看到过这两个形容词在其他什么生物身上结合得那么好过。然而洗澡时，它却姿态全无。沾水后变为深土黄色，花纹软趴趴地塌下去，耳朵翻着毛趴着；由于浸湿了，本来优雅的四肢活像鸡爪子，在水池里慌张地摆动，眼睛戾戾地转着，寻找机会逃离。失败中的教训：给它洗澡需要两人配合，一方高度集中地攥着它的四肢，另一方手忙脚乱地打浴液、投毛巾、轻轻摩挲、温柔地安抚。

如果不算上半途失败的那一次，掸子到现在只洗过两次澡（夭折的那次以它愤恨地挠我的脖子而告终）。一旦开了个头，剩下的就好办了——这两次之间只隔了一周。也就是说，它来到我家之后的两个星期才被认真清洗一番。我的手机里保留了掸子第一次洗浴的全过程。

浴室拥挤，作为那个多出来的第三个人，有几秒钟我被挡住，因为角度问题拍不到掸子。于是此刻，在画面颤动了几秒钟、手机又险些像往常一样卡壳后，我看到一幅从洗手池前占一面墙的镜子里反射出的画面：我被挤在最左边，被挡在水池之外，正把手机对准镜子拍摄；湿透了的小猫，在片刻间挺直呆呆地望着镜子，微微仰头，（像被压垮一样）瞪大眼睛，呆滞、无望，两瓣嘴决绝地抿着，又透着一种幽默劲；紧握着它四肢的，是一双戴着粉红色橡胶手套的手；爸爸穿着一件和夏天极不匹配的黑色长袖葱皮风衣（前一刻我叫嚷他快穿上衣服，不要落下和我一样的下场；他光着膀子翻找了半天也找不到一件背心、短袖一样的类似的衣服，于是抓来这件，演戏般地穿上，我捂着肚子笑倒在床上），拉链卡到下巴，脑袋不方便转动，只一双眼睛俯视着掸子，从镜中看，似乎正对上了它向上的眼神；再右边，戴一双阳刚的绿色橡胶手套、穿着"逗猫专用"的枣红色连衣裙的妈妈，正飞快投着毛巾，准备给掸子进行下一轮的洗涤，她低着头，眼神没有反射在镜子里，我却在此刻的视频中听到她被水声盖住一点的调侃声："没样儿了吧！"

再看这搭错了筋似的一幕，在诙谐和轻松之间的一个瞬间，我忽然感觉到一阵心悸。美好、琐碎、不拘小节的生命活力，像龙头里哗哗的水一样流逝，冲着掸子搓澡时掉下的几撮细毛，一刻不停地涌去了看不见的地方。那地方也许漆黑、广阔，一如掸子眼里那无须烦恼，只围绕生物本能运转的世界。但是，悖论般地，不认识时间的掸子终会变胖、长大，这种改变，让认识时间、凡夫俗子的我加以计量，也只能形容为"一点点""一天天"（地长大）；我已二十岁了，一切都在加速前进，紧握着手中的拍摄工具把这刻留住时，感到细沙流出指缝的力不从心。

窄小空间内三个头发尚黑的人，一只尚能一只手托起的猫，谈笑，微风，溅到镜子上的水珠，洗手台的猫浴液和瓶瓶罐罐……我从视频里又听到妈妈口中陪我长大的儿时的歌谣——"猫洗脸，猴做糕……"一切都像在昨天。一股温情涌上心头，随之它被悬空的感觉所淹没。此情此景我还能够经历、感受多久呢？在那么一个瞬间，面对每个平凡之人的命运、终将离家的旅途，我感到对茫茫人生的恐惧和无奈。

像是在漫长黑夜里，在无法用时间丈量的宏大空间里飘浮了一夜，清晨，当卧室窗口平台上令人欢喜又无可奈何的鸟儿的啾啾声响起时，门另一边又开始哗啦哗啦地响起铃铛碰撞摇晃的声音了。你能感到一个柔软的小东西正用尽全力撞向这块复合木板的障碍物。像有一阵风一样，紧闭的门微弱地发抖。然后，伴随着祈求般的呜咽，不那么动听的摩擦声从门偏下方的一个点开始，"刮刮刮"地滑向地面。写到这里时，我在木桌上刮了几下，想回顾长指甲摩擦玻璃、粉笔摩擦黑板的令人毛骨悚然的感觉。掸子挠门的声音其实很微弱，是半梦半醒间迷糊又无疆的联想唤起了（前面所说的）我的不舒服。为了抑制鸡皮疙瘩的蔓延，我翻身下床给它开门。在另一侧，它把小身体的全部重心都扑在两只前爪上，当我打开门，像电视剧里试图偷听的人被发现时尴尬地随惯性向前，它惊惶地扑空了，在落地之前留给我片刻间骤然瞪大的眼神。

一切都未曾改变。我低头看到这一亲近的、仿佛在我生命里重复了无数次的场景，觉得自己懵懵懂懂地经历了人生中极为重要的一刻。掸子的出现，似乎是在提醒我去时刻感觉和感激那些并不曾褪色的家庭的幸福。出于一种说不清的喜悦的冲动，我一把抱起掸子，顺着它喜欢的方式摸摸它的头，又克制不了地从它的胳肢窝夹它起来，举它在空中转了几个圈。"掸子，"它依然对自己的名字毫无反应，"等着我给你做饭……"。

写于2012年

天堂一定很美(代后记)

一

有一首近来很流行的歌曲,听后悲伤难抑:

> 我想天堂一定很美
>
> 妈妈才会一去不回
>
> 一路的风景都是否有人陪
>
> 如果天堂一定很美
>
> 我也希望妈妈不要再回
>
> 怕你看到历经沧桑的我
>
> 会掉眼泪
>
> ……

歌词质朴无华，曲调凄婉中又有一缕激越。失去母亲的哀痛，思念母亲的忧伤，自肺腑间流淌而出，真挚深沉，感人至深，令人动容甚至落泪。

这首歌所表达的情绪，其实也适合所有失去挚爱亲人的人。因此当它最早作为一部电视剧的插曲播出后，很快就传播开来。歌声让很多人产生了共鸣，它唱出了他们的心声。每个人听到或唱起这首歌时，他或她的心目中，对方可以是再也见不到的父亲母亲，也可以是其他已经天人相隔的亲人，是祖父祖母，是丈夫或妻子，是兄弟或姐妹，是恋人，是亲戚，是情同骨肉的好友。最简单的做法，是用一个"你"替代歌词中的"妈妈"，就可以指代概括所有的对象。

如果把它唱给去世的子女，当然也是适宜的。

生活充满苦难，命途坎坷颠踬，其中之大端就是失去亲人。丧亲之痛中，又有三种情形最为悲惨，通常被称为人生三大不幸，即幼年丧父，中年丧妻，晚年丧子。尤其是第三种情形，子女先于年迈的父母辞世，白发人送黑发人，更是惨绝人寰。

它最让人难以接受之处，是有悖于天地常理。生命的诞生、成长和消亡有着先后次序，养育和反哺，也原本是大自然的安排，不但人类如此，动物界也遵循着同样的规律。垂老时有所安慰，病榻前有所寄托，这是人生悲剧性历程中的一点暖意，一抹亮色。并不指望生命在骨血的延续中获得永存，这一类念头未免虚妄可笑，但想到肉身腐朽泯灭之后，仍然有一缕最初来源于它的气息，在天地间飘荡，总是能够带来一丝慰藉。但如果连这样卑微的希望都被剥夺殆尽，心中升起的悲哀，该是何等冰冷。

因此，这种不幸遭遇带来的痛苦，大山一样厚重，夜色一样浓稠。

于是，我看到每天白天奔波忙碌、夜里抱着儿子的骨灰盒入睡的父亲；看到过每个周末坐公交车换乘几次来到远郊墓园，在女儿的墓碑前坐上一两个小时的母亲；有人不断更新孩子的微信朋友圈，借以维持住一个幻觉；有人每天给孩子写上几句话，已经连续写了多年。

支撑起所有这些行为的动力，只有一个字：爱。

二

当挚爱的儿女突然失去，谁的父母能够接受？怎么样的父母能够忍受？

法国当代作家菲利普·福雷斯特，在三十岁那年，三岁的女儿波丽娜突如其来地患上了骨癌，百般救治无效，于第二年夭折，带给他巨大的悲恸和长久的思念。"这样的事情让人难以面对：它令人无法理解。我不断地进行文学创作，是我忠诚面对失去生命的方式。"他回答记者提问时这样说。

原本以一位学者、文学评论家的职业安身立命的他，开始转向创作，试图通过写作获得面对苦难的勇气和智慧，修补自己那一颗千疮百孔的灵魂。

于是，在此后数年中，他围绕着"孩子的逝去"这个主题，写下多部作品。"从我的第一部小说开始，我的每一部小说都是在以不同的方式讲述同一个主题——对逝去孩子的哀悼。""包括怎样去面对、怎样去消化这种哀悼，以及怎样去体验这种哀悼。"每一次这样的书写，都是一种对抗和自救，是在一张吞噬的巨口面前刹住脚步。

他通过《永恒的孩子》《纸上的精灵》《然而》《一种幸福的宿命》《薛定谔之猫》等著作，构筑了一个悲伤和哀悼的世界。这些作品，有的聚焦于女儿，回忆描写了她从诞生到死亡的整个过程；有的则是另外的主题和题材，甚至看上去颇为遥远，并不搭界，但在书中某一个地方，因了某一种触动，目光突兀而又自然地投向了已经化入虚空的孩子。

我想到了五代时期词人牛希济的一句词："记得绿罗裙，处处怜芳草。"词句很美，反映了一种被称作移情效应的心理学现象，恋爱着的人由此物而思及彼物，深情依依。苦难产生的联想，也有着同样的甚至是更大的强度，让人努力挣脱却不可得。在福雷斯特的这些作品里，反复重现的回忆，为数众多的互文，表明了他的哀痛的深沉和持久。

福雷斯特夫妇当时还年轻，完全可以再生一个，很多人劝过他，这也是很多有过这种遭遇的人通常的做法。新生命的降临，也应该会稀释哀痛。但他没有，而是一直执拗地在文字中寄托对亡女的思念。

"我把我的女儿变成了纸上可爱的小精灵。每当夜晚降临，我的办公室便成了笔墨舞台，那里正上演着关于她的故事。我画上句号，把这本书和别的书放在一起。话语帮不了什么忙，我却沉浸在梦境之中：清晨，她用欢快的声音把我从睡梦中叫醒。我奔上她的房间。她柔弱不堪却面带微笑。我们聊了些家常话。她已经不能独自下楼了。我抱起她，托起她轻飘飘的小身体。她的左臂挂在我的肩头，右臂搂住我的身体。我的脖子能感受到一只小小的光脑袋温柔的触动。我扶着楼梯，抱着她。我们再一次走下笔直的红木楼梯，走向生活。"

这是他的第一部小说《永恒的孩子》中结尾部分的一段话，也预告了下一部小说《纸上的精灵》的诞生。类似的场景描绘，在几部作品中都随处可见。写作的诸多意义中，十分重要的一种便是记忆。经由文字，过往的一切被留住。文字是密封罐，封存保留了生命的曾经的气息。你描写了一个场景，那个场景就成为永恒。你描写了笑容，笑容从此定格于眼前。你描写了声音，耳边于是总是缭绕起那个声音。你写了失去的孩子，那个孩子从此会在你身旁，陪伴终生。

所以，在一部研究早夭的天才诗人兰波的专著《一种幸福的宿命》中，福雷斯特这样说："我们去爱，去写作，都是为了让我们生活中遗失的那一部分继续存在，明知不可为而为之。""面对死亡，人们总劝我们节哀顺变，和现实和解。但我拒绝安慰，从某种意义上说，文学就是一种抵抗，拒绝被日常生活和现实腐蚀。""把过去变成一个纸上的幽灵，有了它的陪伴，我们自以为从虚无手中夺回了一点生的证明。"

在《永恒的孩子》中，他引用了童话《彼得·潘》中主人公的一句话，写在女儿的墓碑上："所有的孩子都会长大，除了这一个。"

他本来不想成为一名作家，是命运硬将一支笔塞到他的手里，他的写作于是成为一种"哀悼诗学"。在这种哀悼写作中，每一个生命的意义和价值、无可替代的美好，被深刻地揭示和表达。

三

一个孩子就是所有的孩子，一个父亲的哀痛就是所有的哀痛。

女儿的去世，成为福雷斯特生活中的一道巨大裂缝，令他深陷其中，痛苦不堪。但同时，一份敏感的禀赋和出色的共情能力，也让他能够身在其外，俯视所有相通的痛苦。他将目光投向有着同样遭遇的人们。

在他的代表作《然而》中，这样的目光交织传递。福雷斯特自述，这是一部"通过对他者生活进行时空迁移来讲述自我经历的自传体小说"。他将自己藏在诗人小林一茶、作家夏目漱石以及摄影家山端庸介背后。他声称,"选择这三位作家主要是因为他们都经历过孩子的死亡"。

前面说过,福雷斯特最早的职业是批评家。在这部作品中,他将日本不同时期的这几位文艺家作为研究对象,分析他们的身世经历、日本文化美学传统与其文学或艺术作品的关系。但是,因为女儿的事件,他的关注产生了某些位移,目光投注到原来他也许不会留意的方面。这几个人的故事,不论是屡屡经历丧子之劫并用诗歌和小说描述痛苦,还是用镜头记录下长崎原子弹爆炸中垂死的儿童,都与他的个人经历有内在的关联,产生了一种同频共振的效应。因此,这部作品像是一幅拼贴画,指向的是普世的"哀悼"。

譬如小林一茶,这位十八世纪日本江户时期的著名诗人,一生贫病潦倒,所生三男一女先后早夭。在最小的幼女死后,他哀叹:"为什么我的小女儿,还没有机会品尝到人世一半的快乐?她本该像长在长青的松树上的松针一样清新、生机勃勃,为什么她却躺在垂死的病榻,身体被天花恶魔的疮伤弄得浮肿不堪?我,她的父亲,我怎能站在她身边看着她枯萎凋零,纯美之花突然间就被雨水和污泥摧残了呢?"

一茶写道:"她母亲趴在孩子冰冷的身体上哀号。我了解她的痛苦,但我也知道眼泪是无用的,从一座桥下流过的水一去不返,枯萎的花朵凋零不复。然而,我力所能及的都不能让我解开人与人的亲情之结。"

他写下了一首成为传世杰作的俳句：

> 我知道这世界
> 如露水般短暂
> 然而
> 然而

俳句作为日本独特的古典短诗样式，文字精简而意蕴隽永，让人吟味不尽。这首俳句的"然而"后面，应该指向什么内容，或者说补充哪些词句呢？

虽然人世短暂，但总还有一些东西让人留恋。像健康，像爱情，像大自然的美丽，乃至于一枝花朵的摇曳，一只小动物的可爱，一道美食的滋味，这些来自日语词汇的、被称为"小确幸"的微小但确凿的幸福感，都会令人喜悦，让晦暗的生存闪耀出一抹光彩。

思考还可以朝向另一个方向。时光如此匆促，生命如同朝露般易逝，不论是否有你，我们都会归于消亡，踪影全无。然而，有了你的陪伴，多少就会不一样。然而，却没有。孩子，你早早地离去了，将我们抛在这个世间。

这些解释，都讲得通。

四

所有的悼亡写作都基于这样的信念：时间和死亡，并不能让爱的纽带松散。写作者用文字留住所爱者在人世的痕迹，在死亡的迷雾中寻找生存的光亮。

福雷斯特的同胞和前辈作家，伟大的维克多·雨果，他的十九岁的女儿莱奥波蒂，在新婚蜜月时，不幸和丈夫在塞纳河中双双溺死。雨果写下很多诗篇追忆缅怀，一直到十五年后，他新出版的诗集《静观集》中仍然收录了悼亡诗作。诗人表示愿意奉献毕生，只为了做"一个用手牵着他的孩子行走的人"。

把目光返回母语。我也只从诗歌说起，只列举几首悼念夭亡的未成年子女的古诗。文字的缝隙间，有破碎的灵魂的痉挛，有泪光的闪烁，有努力被压抑着的悲戚。

唐代诗人白居易的《重伤小女子》，悲悼告别人世时尚不足三岁的女儿："学人言语凭床行，嫩似花房脆似琼。才知恩爱迎三岁，未辨东西过一生。汝异下殇应杀礼，吾非上圣讵忘情。伤心自叹鸠巢拙，长堕春雏养不成。"蓓蕾一样的生命，尚未绽放即告凋零，除了悲恸哀叹，无计可施，无话可说。

和白居易共同提倡"新乐府"，被世人以"元白"并称的元稹，有《哭小女降真》诗，辞浅而意哀："雨点轻沤风复惊，偶来何事去何情。浮生未到无生地，暂到人间又一生。"女儿寄寓世间的短暂生命，仿佛一阵雨点飘过，倏忽即逝，来去皆无消息，只在为父者心间留下无穷的遗恨。

北宋改革家宰相王安石，有名的脾性倔强执拗，但诀别不到两岁就夭折的女儿时，却也是深情依依，哀痛凄婉。孤坟泣别，孤舟远去，从此再无相逢，《别鄞女》里的悲叹，何其酸楚："行年三十已衰翁，满眼忧伤只自攻。今夜扁舟来诀汝，死生从此各西东。"

"江山代有才人出，各领风骚数百年。"清代文艺批评家赵翼的这两句诗，甚为知名，但他的追悼亡儿的绝句，却少人知晓："帘钩风动月西斜，仿佛幽魂尚在家。呼到夜深仍不应，一灯如豆落寒花。"这首短诗却有一个颇长的标题：《暮夜醉归入寝门，似闻亡儿病中气息，知其魂尚为我候门也》，醉中仍然难以忘怀，此情何堪。

这些古诗句中弥漫的悲哀和思念，仿佛深秋时节的降雨，穿越千百年的时光距离，落到脸上时，仍然感觉到一阵寒凉。

这样的丧失，存在于一切时空中，没有地域和年代的分别。前面援引的都是诗人作家，这一行当中有此等遭逢的还能数出不少。至于在广大的人群中，这种苦难就更多，比我们听闻的要多，比我们意料的要多。世事无常。有一句话"明天和意外不知哪个先来"已经被用滥了，但不幸其真理性也被屡屡证明。死神扇动黑色的羽翼，巨大的投影随时可能笼罩住任何一个人。疾病、火灾、水患、车祸、自戕……死亡变换着不同的面孔。

所有的死亡，对于深爱着逝者的亲人来说，都是头上一座山恋的滑坡，是脚下一片大地的坍陷，是一次对生命的残酷吞噬。

在这类最为深切的痛苦中，我们会看到，有一种被心理学家称为延迟哀伤障碍的反应。它指的是亲近的人去世引起的病理性巨大哀伤，个体迟迟难以摆脱悲伤情绪。生命所拥有的自我救助机制，让悲伤可以在一定时期内得到宣泄，逐渐减弱直至消失，使当事人适时翻开生活的新的一页，但巨大的苦难，却将这一过程长时期地向后推延。苦难像重重迷雾，像沉沉夜色，裹挟着他，吞噬了他。

这样的时候，如果能够将积郁内心的苦楚宣泄出来，会好受一些，就像溺水者及时地吐出呛进气管里的水，才可能避免溺亡。但我们看到的恰当反应，却并不多。在最初巨大的悲恸所导致的癫狂般的表现之后，很多人变得封闭、抑郁或者冷漠。

原因何在？或者是出于某种宗教或文化的禁忌，或者是不愿重复咀嚼痛苦，不论何种形式的表达，都是再次面对惨痛的经历。还有一点，是他们相信有一些东西无法沟通，最深刻的苦难只有独自体验，别人的同情安慰，哪怕来自最好的亲人朋友，也无法达到感同身受。

因此，只能靠自己来承受和忍耐，并找寻属于自己的救赎之途。

五

不同的人有各自的救赎方式。在社区里做义工,喂养流浪的小动物,栽种花草,学习绘画,让脚步不停地迈向山水原野,等等,本质上都是通过情感精神的寄托,让灵魂获得放置,让悲伤获得纾解。

但是,写下来,通过文字来表达内心,无疑是一种有力且有效的方式。

不少人会有这样的见闻:一个因为某种痛苦而哭泣的人,却得到别人的鼓励——哭吧,哭出来会好受些。写作也是用文字在哭诉,不论是大声哀号还是小声抽泣,那些郁积的不良情绪,随着一个个、一行行、一段段文字的写出,渐渐得到消解排遣,仿佛太阳暴晒之下,道路车辙里淤积的雨水被蒸发掉。这是一种此消彼长的过程。这样的文字诉说,因为有理性成分的加入和导引,也不会像纯粹的情感宣泄那样时常失去分寸。

因此,写作作为一种疗伤的手段,其功效确凿无疑。写下来吧,为了抚慰哀伤,为了让生命和生命紧密地焊接。那个已经离你而去的亲人,经由文字的绳索,从此与你捆绑。

能够写作的人应该感到宽慰。同样的历难者,尽管也有人具有表达的意愿,但又缺乏相应的能力。因此,尽管他们深陷痛苦,但拥有这种能力让他们不至于遭遇灭顶之灾。他们是不幸中的幸运者。

不管他们是否意识到，写作有时还有一种延展效应：他们以一己之力，担荷了为群体表达心声的使命。那么，这些写作者及其作品，便具有代言的性质。无数人的哀伤，借助他的遭遇而得到表达。他本意只是纾解自己，未料却也抚慰了别人。因为共情的存在，个人的拯救推及他者的救赎。经由具体与特殊，通向了一般和普遍。

回到开头的那一首歌曲《我想天堂一定很美》。

宗教产生于彻底的绝望。挚爱的亲人离去了，千呼万唤也无法返回，只有想象他去的地方美好，他在那边的生活如意，才能够带来些许安慰。写作，是在文字中缅怀追念，是持续不停歇的回顾。但在回顾的尽头，在早晚将会来到的尽头，思绪便会扭转方向，变为一种展望。目光投向之处，便是天堂，只能是天堂，因为只有那里，才能托付我们的爱、祈盼和梦想。

因此，天堂一定很美。

因此，从本质的意义上，写作，也是一种将亡者托升入天堂的方式。追怀对象生前的错失被谅解，缺陷被美化，相互之间曾经的纠纷龃龉被化解，而那些关爱、亲密和融洽，构成幸福感的一切成分，则被无限地扩展和放大，呈现为一种宁静、恬适和欢愉的境界。这也是天界才会有的状态。在文字中，仙乐飘荡，祥光笼罩，亡者端坐其间，等待着亲人到来，与他或她相聚，从此长相厮守，永不分离。

或早或迟，这是必定会到来的一天。